Katrin Schön

Ausgeschifft

Lissie Sommer ermittelt wieder

Kriminalroman

Die Autorin

Katrin Schön, geboren 1975 in Offenbach/Main, wuchs im hessischen Dörfchen Hochstadt auf. Ihr komödiantisches Talent entdeckte die gelernte Bankkauffrau schon früh im hiesigen Karnevalsverein, wo sie bereits als Teenager vor allem die Lokalpolitik mit spitzer Feder aufs Korn nahm. Nach ihrem Studium der Publizistik in Bochum arbeitete sie als Fachjournalistin in Hamburg, bevor sie ein Angebot als Pressesprecherin annahm und ihren Lebensmittelpunkt nach Köln verlegte, wo sie seit zehn Jahren zu Hause ist und aktuell als Projektmanagerin arbeitet.
Nervenkitzel und Spannung sind ihr genauso wichtig wie das Strapazieren der Lachmuskeln.

Bibliografische Information der Deutschen Nationalbibliothek: Die Deutsche Nationalbibliothek verzeichnet diese Publikation in der Deutschen Nationalbibliografie; detaillierte bibliografische Daten sind im Internet über http://dnb.dnb.de abrufbar.

© 2016 Katrin Schön

Herstellung und Verlag:

BoD – Books on Demand, Norderstedt

ISBN: 978-3-73478-218-3

Als E-Book erschienen bei Midnight by Ullstein 2016 unter der ISBN: 978-3-95819-080-1

Umschlaggestaltung: ZERO Werbeagentur, München

Titelabbildung: © FinePic®

Autorenfoto: © privat

Für meine Eltern und Freunde

O du Fröhliche

»Lissie, du siehst echt geschafft aus! Gegen deine Augenränder hilft keine Creme mehr. Du brauchst dringend Urlaub!«

Es ist kurz nach fünf an einem trüben Novembertag, ich habe gerade die Türen des »Grünen Kränzchen« aufgeschlossen und die Außenbeleuchtung eingeschaltet. Doris ist gerade hereingeschneit – wortwörtlich, denn zusammen mit ihrem neu gewonnenen Selbstbewusstsein hat sie auch eine kleine Schneewehe mit in den Gastraum gebracht. Der Winter kündigt sich mit aller Macht an.

Dass ihre Therapie bei Dr. Tiefenbruch für ein »neues Selbstbewusstsein« langfristig angeschlagen hat, merkt man auch an ihrer neuerdings allzu direkten Ehrlichkeit. Mein Unterbewusstsein weiß, dass ich wahrscheinlich so aussehe, wie ich mich fühle: Geschafft und urlaubsreif. Aber es so offen ins Gesicht geschmettert zu bekommen, hilft nicht gerade, die letzten Kräfte für das anstehende Weihnachtsgeschäft zu mobilisieren.

Das vergangene halbe Jahr war aber auch kein Zuckerschlecken, obwohl ich es mir so – und zwar genau so – ausgesucht hatte. Aber wie das mit dem Übereinanderlegen von Theorie und Praxis so ist: Abweichungen sind Programm. Im letzten Sommer hatte ich mich mit Betty auf einen Pachtvertrag geeinigt, das Grüne Kränzchen übernommen, und meinen Job im Kölner Reisebüro geschmissen. Meine Freunde im Rheinland staunten nicht schlecht, als ich verkündete, nun Wirtin einer Apfelwein-Kneipe in Hessen werden zu wollen, und meinen Plan direkt umsetzte, indem ich meine Kölner Wohnung vermietete und mir im Gegenzug eine Bleibe in Traunbach suchte. Meine Mutter startete noch einen kurzen Versuch, mich überreden zu wollen, wieder zu Hause einzuziehen. Aber mein Vater intervenierte mit dem schönen Ausspruch: »Also ich freu mich ja immer, wenn sie kommt. Aber ich freu mich auch immer, wenn sie wieder fährt …« Auch ich hatte nicht eine Minute daran gedacht, wieder im elterlichen Kinderzimmer Zuflucht zu finden. Schon wegen der Vorstellung, dass meine Mutter kommende potentielle Löcher in meinen Hosen mit weiteren Helden meiner Kindheit flicken könnte. Denn auf meiner Sommerhose prangt seit Mai ein Pumuckl und seitdem liegt sie ungenutzt im Schrank. »Für daheim oder wenn du mal streichen musst, ist die noch gut«, meinte meine Mama. Naja.

Glück für mich, dass sich der Traunbacher Wohnungsmarkt entspannter darstellte, als der einer Großstadt – innerhalb von zwei Wochen hatte ich eine neue Bleibe gefunden. Zwei Zimmer, Wohnküche, Balkon – mehr brauchte es nicht, denn ich war mir bewusst, dass mit der Übernahme der Apfelwein-Kneipe jede Menge Arbeit auf mich zukommen würde. Die Miete würde ich so oder so nicht abwohnen.

Dass der Ansturm aber dermaßen groß sein würde, hatte selbst ich unterschätzt. Zwar blieben einige Einheimische dem Lokal erst einmal fern (als würde man jetzt hier täglich Gefahr laufen, in ein Verbrechen verwickelt zu werden), andere trieb die Neugier aber erst recht in die Gaststätte, um Details der Geschichte rund um den Mord an Carla zu erfahren.

Carla war eine gute Bekannte meiner Mutter – leider aber auch die größte Klatschbase von Traunbach, was ihr letztendlich zum Verhängnis wurde. Und hier, im Grünen Kränzchen, stellte sich heraus, wer für ihren Tod verantwortlich war. Auch deshalb wollten wohl viele einfach mal sehen, welche Leute jetzt im Grünen Kränzchen »verkehren«. Und natürlich waren sie neugierig auf mich, dem »Traunbacher Mädchen«, das aus der Großstadt in die hessische Idylle zurückgekehrt war, nachdem sie zuvor einen Mord aufgeklärt hatte. Die Publicity machte den Rummel durch die Berichterstattung perfekt. Lokalblatt, Regionalradio und sogar die Hessenschau berichtete live und vor Ort von den mörderischen Ereignissen in Traunbach.

Nein, ich konnte mich über mangelnde Gäste wahrlich nicht beschweren. In den ersten Wochen waren wir auf Tage ausgebucht. Die Angestellten hielten mir und dem Grünen Kränzchen die Treue und so konnte sich auch meine Verpächterin Betty über einen nahtlosen Geldeingang auf ihrem Konto durch ihre neue Pächterin freuen.

Umzug, neuer Job, Selbstständigkeit – jetzt, da ich vor Doris sitze, merke ich, wie kaputt ich mich in der Tat fühle, und lasse merklich die Schultern hängen.

»Jetzt lass nicht direkt die Schultern hängen«, versucht mich Doris trotz Selbstwusstseins-Ehrlichkeitsschub dann doch zu trösten.

»Ich meine es ernst: Wie wäre es denn mit Urlaub?«

Urlaub … Das Wort dringt langsam in meinen Kopf und bahnt sich seinen Weg direkt ins Belohnungszentrum in meinem Gehirn. Ich schließe die Augen.

»Urlaub«, murmle ich, und vor meinem inneren Auge ziehen Bilder von Palmen auf, die auf einem weißen Sandstrand stehen. An der Bar steht ein Cocktail für mich bereit – natürlich mit einem bunten Schirmchen und einer Portion Obst am Rand. Aus der Ferne erklingt »Aloha heee« und ein knackiger hawaiianischer Eingeborener mit starken Armen und einem gewinnenden Lächeln, das zu allem einlädt, was Frau sich wünscht, will mir gerade einen Blumenkranz über den Kopf werfen, als mich eine schrille Stimme mit hessischer Klangfarbe laut und jäh aus meinem Tagtraum reißt:

»Ei, Lissie, biste am Schlafen? Wo dürfe mir denn hin?«

Ich öffne die Augen und sehe in das rosige Gesicht von Frau Kraft, Chefin unserer hiesigen Metzgerei, und Mutter von Doris' Exfreund Micha. Denn lange hielt die frische Liebe leider nicht. So heftig die beiden sich Knall auf Fall verliebt hatten, so schnell hatte sich die Liebe auch wieder abgekühlt. Metzger Egon Kraft, der ebenfalls in den Mordfall verwickelt war, ist mit einer Bewährungsstrafe davongekommen und überlässt jetzt meist seiner Frau das gesellschaftliche Leben, die es sichtlich genießt, nun endgültig die Hosen im Hause Kraft anzuhaben.

»Guten Abend, Frau Kraft«, sage ich freundlich, aber so erschöpft, als würde das Abendgeschäft nicht erst beginnen, sondern sich schon dem Ende neigen.

»Tisch fünf dort in der Ecke. Ist Ihnen der recht?«

Frau Kraft strahlt mich erst an – ich weiß ja inzwischen, dass die Metzgersfrau und ihr kartenspielendes Damenkränzchen Tisch fünf am liebsten mögen –, dann kräuselt sie ihre Stirn und sieht mich besorgt an:

»Kindchen, du siehst aber nicht gut aus. Du solltest auch mal ausspannen!«

Bevor ich das tue, muss ich ein ernstes Gespräch mit meiner Douglas-Fachverkäuferin führen, ob der von ihr empfohlene Concealer noch das Kosmetikum der Wahl ist, um meine Augenringe adäquat abzudecken. Wahrscheinlich kommt nach Concealer direkt: Schönheits-OP. Dann vielleicht doch erst mal Urlaub, bevor ich zu solch drastischen Mitteln greifen muss.

Frau Kraft nickt Doris, ihrer Exschwiegertochter in spe, noch kurz und etwas frostig zu, und lässt sich dann auf die Bank an

Tisch fünf fallen. Für Mutter Kraft gibt es keinen, gar keinen, also überhaupt keinen Grund, warum man einem ihrer vier Söhne den Laufpass geben sollte. Das wird sie Doris ewig übel nehmen.

Ich wende mich wieder meiner Freundin zu, die gerade den letzten Schluck ihres Apfelweins austrinkt und sich anschickt, ihren Dämmerschoppen bei mir zu beenden.

»Hast du eigentlich mal wieder was von Micha gehört?«, frage ich sie noch, als wir beide uns von unseren Stühlen erheben – ich, um die letzten Vorbereitungen für den Abendservice zu treffen, Doris, um sich auf die heimische Couch zu werfen.

Ich seufze. Wie gern würde ich heute mit ihr tauschen.

Doris zuckt kurz mit den Schultern.

»Naja, wir schreiben uns ab und zu eine Nachricht bei WhatsApp. Ich glaube, er will nächste Woche zum Weihnachtsmarkt kommen. Aber ich fürchte, er hat es immer noch nicht überwunden, dass ich jetzt mit Logan zusammen bin.«

»Andreas«, korrigiere ich sie. »Du nennst ihn doch wohl nicht auch Logan?«

Doris sieht mich streng an.

»Natürlich nenne ich ihn Logan, Lissie! Ich unterstütze ihn in allem! So, wie Logan und ich das beide in der Therapie von Dr. Tiefenbruch gelernt haben. Und da sein Manager meint, in der Schlagerbranche käme Logan bei den Jüngeren einfach ein bisschen cooler rüber als

Andreas, dann ist er für mich jetzt eben auch Logan.«

Ich schüttle den Kopf, in dem gerade Johnny Logan – Popstar meiner Kindheit – seinen Hit »Hold me now« anstimmt. Damals, als es noch »Grand Prix Eurovision de la Chanson« und nicht »Eurovision Song Contest« hieß. Ich fürchte, dass das nun immer so sein wird, wenn ich den Namen Logan höre. Immerhin löst das vielleicht meinen Loriot-Buttike-Tick ab. Denn immer, wenn ich das Wort »Boutique« höre, muss ich an Loriots Sketch denken, in dem von der »Herren-Buttike in Wuppertal« die Rede ist. Und mein Hirn macht dann aus »Boutique« automatisch »Buttike« – so habe ich es geistesabwesend sogar schon ausgesprochen. Peinlich.

Laura, meine neue studentische Aushilfe, tritt an den Tisch von Frau Kraft und ihren Freundinnen, die bereits die Karten für ihre »Riffifi«-Runde ausgeteilt haben, um die Bestellung aufzunehmen.

Reihum bestellen die Damen wahlweise Apfelwein oder Wasser, als schlussendlich Frau Lehmann, ihres Zeichens Frau eines hiesigen Bauunternehmers, dran ist. Jetzt wird sich zeigen, ob Laura zu gebrauchen ist, denn Frau Lehmann ist die ungekrönte Bestellkönigin: »Hach, Kind, mir ist den ganzen Tag schon kalt. Ich brauche was Warmes.

»Wie wäre es mit einem Kaffee?«, schlägt Laura vor.

»Kind! Wo denkst du hin! Dann kann ich die

ganze Nacht nicht schlafen!«

»Wir haben auch einen entkoffeinierten …«, versucht es Laura noch einmal.

»Der schmeckt nicht!«

Wenn die wüsste, denke ich. Denn bei jedem Beerdigungskaffee, der bei mir stattfindet, gibt es ausschließlich entkoffeinierten Kaffee. In allen Kannen. Auch, wenn ich meinen Servicekräften etwas anderes sage. Das ist reiner Selbstschutz. Ein Herzinfarkt bei einem Leichenschmaus aufgrund einer verwechselten Kaffeekanne – das würde mir gerade noch fehlen. Ich muss dann immer leicht grinsen, wenn ich höre, dass der »normale« Kaffee heute aber wieder stark sei.

»Vielleicht möchten Sie einen Kakao?«, fragt Laura dienstbeflissen.

»Macht der dick?«, fragt Frau Lehmann.

»Natürlich macht der dick«, sagt Laura unverblümt.

Ich nehme ein feuchtes Glas aus dem Spülmaschinenkorb, beginne es trocken zu polieren, und frage mich, wie dieser Dialog ausgehen wird.

»Kindchen, ich möchte etwas, das dünn macht«, sagt Frau Lehmann bestimmt.

»Ähm … einen Tee?« Laura gibt nicht auf. Bisher schlägt sie sich ganz tapfer.

»Ja, Tee ist gut. Welchen würdest du mir denn empfehlen?«

»Ich mag keinen Tee«, sagt Laura trocken.

Pause. Frau Lehmann ist kurz sprachlos –

was nicht oft vorkommt.

»Vielleicht einen schwarzen Tee?«, versucht Laura doch noch eine Bestellung aus Frau Lehmann herauszubekommen.

»Ne, schwarzen Tee kenne ich«, sagt Frau Lehmann und schüttelt den Kopf.

»Wir haben auch einen frischen Pfefferminztee!«

»Ne, ne, kein Pfefferminz. Davon hab ich so viel im Garten! Das wächst ja wie Unkraut! Und Unkraut kommt mir nicht in die Tasse!«

»Ins Glas«, verbessert Laura und ergänzt: »Wir haben Teegläser. Doppelwandig, damit man sie auch heiß anfassen kann.«

Frau Lehmann starrt Laura an wie ein Auto.

Laura startet einen letzten Versuch.

»Rooibos?«

»Ja, Rooibos ist gut. Den trinke ich nicht so oft. Bekommt man ja hier im Lädchen nicht. Glaube ich jedenfalls. Aber nach dieser Sorte hab ich auch noch gar nicht geschaut. Ja, den nehme ich!«

Frau Lehmann gibt tatsächlich auf.

»Mit Vanille oder pur?«, fragt Laura nach.

»Was?«

»Mit Vanille oder pur?«, wiederholt Laura.

»Äh … pur«, sagt Frau Lehmann nun reichlich verdattert.

Laura nickt, notiert und entfernt sich von der Damenrunde.

1:0 für Laura. Meine neue studentische Aushilfskraft hat den Bestellungskampf gegen Frau Lehmann tatsächlich gewonnen. Ich kann sie guten Gewissens einsetzen. Teebestellungen aufnehmen, Stammgäste betüdeln, Gläser polieren: Aber eines ist mir gerade wirklich klar geworden:

Ich brauche dringend Urlaub!

Neues Jahr, neues Glück

»Eine Kreuzfahrt??«, frage ich entgeistert.

Ich bin mir immer noch nicht sicher, ob ich mich verhört habe.

Aber meine Mutter strahlt übers ganze Gesicht. Nein, ich habe mich nicht verhört. Sie meint das ernst. Wir haben in den letzten Tagen darüber gesprochen zu verreisen, aber dass sie jetzt mit einer Kreuzfahrt um die Ecke kommt – das hätte ich selbst ihr nicht zugetraut. Alles begann vor einer Woche:

Je länger ich über das Thema Urlaub nachgedacht hatte, desto mehr war mir klar geworden, dass ich wirklich mal raus musste. Und da sich Anfang Januar nach dem Weihnachtsgeschäft sowieso die Saure-Gurken-Zeit anzubahnen schien, hatte ich beschlossen, Nägel mit Köpfen zu machen, und ein paar Tage in die Sonne zu fahren. Als ich diesen Plan meinen Eltern an meinem freien Montag mitteilte, hatte ich mit viel gerechnet, aber nicht damit: »Weißt du was? Da fahren wir mit!«, erklärte meine Mutter begeistert.

Mir blieb fast das Stück Torte im Hals stecken, das ich gerade genüsslich in meinem Mund abgeladen hatte.

»Mama, ich wollte mich eigentlich erholen …«, startete ich einen zaghaften Abwehrversuch.

»Ach, du wirst gar nicht merken, dass wir

dabei sind!«, wischte meine Mutter meinen Einwand weg, und setzte bestimmt fort: »Dein Vater und ich wollten auch noch mal in die Sonne, damit der Winter nicht so lang wird. Ich kümmere mich um alles! Wann willst du denn auch noch nach Urlaubsangeboten gucken? Du hast doch so schon keine Zeit für nix. Ich geh mal zur Judith ins Reisebüro. Die sucht uns was Schönes raus! Und weißt du was? Dein Vater und ich wissen eh nicht, was wir dir zu Weihnachten schenken sollen. Dann bekommst du was zur Reise von uns dazu.«

»Aber ... Also, ich weiß nicht ...«, versuchte ich mich an einem letzten Widerstand, war zu diesem Zeitpunkt aber einfach schon zu urlaubsreif, um meiner Mutter etwas entgegenzusetzen.

Ich seufzte und trank einen Schluck Filterkaffee. Cappuccino und Latte macchiato haben im Haushalt meiner Eltern noch keinen Einzug gehalten.

»Tu mir bitte nur einen Gefallen«, hatte ich meiner Mutter aufgetragen. »Ich brauche irgendwas Entspannendes. Sonne und Sommer! Und ich will mich um nichts kümmern. Also bitte buch' uns keine Nordpolexpedition und keinen Campingausflug.«

»Ach Kind, schwätz nett so ein dummes Zeug!«, sagte meine Mama noch, und mein Vater ergänzte: »Die Mama sucht uns schon was Schönes raus. Und außerdem, Lissie, denk dran: Einem geschenkten Gaul schaut man nicht ins Maul.«

Damit war der Familienurlaub beschlossene Sache.

Jetzt, eine Woche später, sitze ich wieder an der Kaffeetafel meiner Eltern, die sich in den letzten Wochen zu einem schönen Ritual an meinem freien Montag entwickelt hat. Eine Kreuzfahrt? Ich hoffe immer noch, dass ich mich doch verhört habe.

»Das ist ein ganz neues Schiff. Tipptopp!«

Meine Mutter strahlt mich an.

Und wieder muss ich an dem Stück Kuchen, das ich im Mund habe, schwer schlucken. Obwohl es objektiv an dem gar köstlichen Bienenstich rein backtechnisch nichts auszusetzen gibt. Im Gegenteil: Der lockere Kuchenteig ist überzogen von perfekt gerösteten, karamellisierten Mandeln, und umschließt eine zarte Buttercreme, die einfach nur meine Mutter so hinbekommt.

»Du hast uns wirklich eine Kreuzfahrt gebucht?«

Ich fürchte, ich muss es noch ein paarmal hören, damit es mein Verstand endlich begreift.

Meine Mutter zieht das Prospekt hervor, schlägt eine Seite auf und legt es mir neben den Teller mit dem Bienenstich.

»Kind, das musste ich direkt buchen, das war ein Spitzenangebot! Du weißt doch selbst, dass es gerade bei Kreuzfahrten auf den Buchungszeitpunkt ankommt.«

Naja, wie bei den meisten Reisen, denke ich

mir, aber ich will mit meiner Mutter jetzt nicht die Reisebranche diskutieren, denn ich bin froh, dass dieses Kapitel meiner Arbeitswelt hinter mir liegt.

Trotzdem muss ich noch eine Sache klären.

»Du hast uns aber keine Drei-Bett-Kabine gebucht?«

Ich habe ein bisschen Angst vor der Antwort, aber meine Mutter schüttelt entrüstet den Kopf.

»Lissie, wir haben zwei Kabinen gebucht. Eine Doppelbalkon-Kabine für uns und eine Einzelkabine – ebenfalls mit Balkon – für dich«, erklärt meine Mutter stolz und mein Vater ergänzt grinsend: »Wir wollen dich auch nicht bei allem dabei haben, Kind. Du weißt ja: Wenn auch auf den Bergen schon Schnee liegt, so kann doch im Tal noch Frühling sein.«

Ich schließe kurz die Augen und denke: Too much information, Papa, too much information. Die dazugehörigen Bilder habe ich jetzt für immer in meinem Kopf. Es gibt einfach Dinge, die man von seinen Eltern nicht wissen will, auch wenn einem der Verstand sagt, dass man selbst nicht durch Blümchen und Bienchen auf die Welt gekommen ist.

Ich atme einmal tief durch und starte einen letzten Versuch, der Schiffs-Kaffeefahrt doch noch zu entkommen.

»Du hast mir eine Einzelkabine gebucht? Weißt du, was die kostet? Die ist für eine Kreuzfahrt doch quasi unbezahlbar!«

Meine Mutter sieht mich mit einem

überlegenen Blick an, den nur Mütter drauf haben und sagt: »Natürlich weiß ich, was sie gekostet hat. Wir haben sie ja schließlich bezahlt.«

Sie lässt den Satz kurz bedeutungsschwanger im Raum stehen, und ich bereue schon, dass ich meinen letzten Rest Stolz an die Bezahlung dieses Urlaubs abgegeben habe.

»Aber mach dir mal keine Gedanken. Ich hab doch gesagt, dass die Judith ein echtes Schnäppchen für uns gefunden hat, quasi einen Restposten.«

Das wird ja immer besser: Per Resterampe zur See.

Meine Mutter liest mal wieder meine Gedanken und sagt:

»Offenbar ist da jemand abgesprungen und deshalb war das so günstig. Das Schiff ist wirklich ganz neu und kein alter Kahn! Das siehst du doch!«

Sie tippt mit dem Zeigefinger auf das Prospekt.

»Außerdem klingt die Tour sehr gut: Zehn Tage Kanaren und Marokko!«

Ich muss anerkennen, dass sich das wirklich nicht schlecht anhört – nach der richtigen Mischung aus Relaxen, schönen Städten, gutem Essen und etwas Luxus. Jetzt schaue ich mir das Prospekt genauer an und muss zugeben, dass ich beginne, an dem Gedanken Gefallen zu finden. In meiner Zeit im Reisebüro habe ich die Testfahrten immer meiner Kollegin überlassen, da mich das Thema Kreuzfahrt nicht so recht begeistern konnte. Zudem wollte ich meine Vorurteile weiter pflegen können: Kreuzfahrten sind was für alte, reiche Leute. Da aber das Angebot und die Zahl der neugebauten Schiffe rasant zunehmen, buchen offenbar auch immer mehr »normale« Leute so eine Reise. Und wenn hier jemand normal ist, dann ist das die Familie Sommer. Obwohl …

»Also gut«, sage ich zustimmend. »Wann geht's los?«

»Am 5 Januar bringt uns der Flieger von Frankfurt nach Gran Canaria!« Meine Mutter klatscht vor Begeisterung in die Hände und wirft dabei ihre Kaffeetasse um.

Während sie und ich hektisch versuchen, den Fleck auf der guten weißen Damasttischdecke so klein wie möglich zu halten, schiebt sich mein Vater entspannt den letzten Rest seines Stücks Bienenstich in den Mund und kommentiert kauend:

»Keine Begeisterung sollte größer sein, als die nüchterne Leidenschaft zur praktischen Vernunft.«

Meine Mutter hält in ihrem Wischen inne und sieht meinen Vater fragend an.

»Helmut Schmidt«, sagt mein Vater trocken.

Ich bin beeindruckt – er erweitert sein Zitate-Repertoire offenbar stetig.

Als wolle das Schicksal sicher sein, dass ich nicht als Pleitegeier von meiner Luxus-Schiffstour zurückkehre, reiht sich bis zu den

Feiertagen eine Weihnachtsfeier an die andere. Die Hütte ist voll und das Geschäft brummt. So freue ich mich nicht nur auf Meer und Sonne, sondern vor allem auf leichte Mittelmeerkost und »normale« Musik – ich kann keine Weihnachtsgans mehr sehen und Last Christmas nicht mehr hören.

Zu allem Überfluss ist heute und morgen auch noch Weihnachtsmarkt in Traunbach. Sobald alle kalte Füße haben, verlassen sie die festlich geschmückten Höfe, um entweder nach Hause zu gehen – das sind die, die noch halbwegs nüchtern sind –, oder sich im Grünen Kränzchen aufzuwärmen – das sind die, die »keinen Heimgang finden«, wie meine Oma gesagt hätte. Obwohl man doch nach Hause gehen soll, »wenn's am Schönsten ist« – wie es mein Papa kommentieren würde.

Die Tür fliegt auf und eine Gruppe offensichtlich gut beschwipster Kerle betritt lautstark die Gaststube. Ich seufze, denn ich sehe meinen Feierabend auch heute wieder in weite Ferne rücken, aber dann sehe ich etwas anderes, beziehungsweise jemand anderen: Micha. Was macht der denn hier? Ach ja, ich erinnere mich, dass Doris vor kurzem sagte, dass Micha vorhat, zum Weihnachtsmarkt zu kommen.

»Lissssiiiieeeee«, schreit er mir jetzt entgegen. Sein Arm liegt über Carstens Schulter – ich wusste gar nicht, dass die sich kennen – und ich kann noch nicht deuten, wer hier wen stützt. Carsten gehört zu einer größeren Clique aus unserem Dorf, deren Mitglieder alle ungefähr im gleichen Alter und zusammen aufgewachsen sind – das, was man früher die Dorfjugend nannte. Die, die aus Traunbach nicht herausgekommen sind, treffen sich an Festivitäten wie Straßenfest und Weihnachtsmarkt regelmäßig mit denen, die irgendwo in der Welt verstreut sind. Und meist wird es feucht-fröhlich. Auch heute waren eindeutig schon jede Menge alkoholischer, pseudo-wärmender Getränke im Spiel.

Ich setze mein herzlichstes Wirtinnen-Lächeln auf.

»Micha! Schau an! Bist du extra wegen unseres schönen Weihnachtsmarkts nach Traunbach gekommen?«

Er grinst mich schelmisch an, hebt belehrend den Zeigefinger und lallt:

»Und wegen den hübschen hessischen Mädchen!« Er zwinkert mir vielsagend zu.

»Ja, ja, is' klar. Na, was wollt ihr trinken, Männer? Wasser?«, frage ich in die Runde.

Das Lachen ist ohrenbetäubend.

Ich lache mit und beginne schon mal, ein paar Bier anzuzapfen. Auch, wenn wir in einer Apfelweingegend zu Hause sind: Nach heißem Apfelwein, Glühwein oder Punsch, sehnt sich die männliche Leber erfahrungsgemäß nach einem kalten Bier.

Micha sieht mich anerkennend an und nickt:

»Lissie, du weißt, was Männer wollen!«

Er zwinkert schon wieder so schelmisch. Was

ist denn mit dem los? Eigentlich pflegt Micha seinen »Ich lebe in Berlin und mache was mit Medien«-Habitus. So angeschickert macht er sich heute aber ganz schön locker.

Ich grinse zufrieden. Ja, ich weiß, was Männer wollen – jedenfalls in meiner Kneipe. Und stelle der Runde ihr Bier auf die Theke. Micha nimmt sein Glas und trinkt, ohne den Blick von mir abzuwenden. Ich merke, dass ich rot werde, und wende mich schnell wieder den Getränkebestellungen der anderen Gäste zu.

Obwohl wir aus dem gleichen Dorf stammen, hatte ich Micha erst im Mai mehr oder weniger durch Zufall bei einem Blind Date kennengelernt. Aber so richtig gefunkt hatte es bei unserem ersten Zusammentreffen nicht. Und ein zweites Date wurde obsolet, da noch am gleichen Tag zwischen Micha und Doris der Blitz eingeschlagen hatte. Schade eigentlich, dass meine Freundin mit der Bondgirl-Figur ihn ziemlich bald wieder in den Wind geschossen hat. Neidlos musste ich anerkennen, dass die beiden ein schönes Paar abgegeben hatten. Wahrscheinlich hätte ich den attraktiven Micha auch nicht von der Bettkannte gestoßen. Aber da Freunde von Freundinnen selbstverständlich tabu sind, hatte ich keinen weiteren Gedanken an Micha Kraft verschwendet.

Und jetzt steht er hier angesäuselt vor mir und macht mir plötzlich schöne Augen.

Ich nehme gedankenverloren ein Glas und will schon mal eine weitere Runde anzapfen.

Pfffff … grrrrr … roahhh …

Das Fass ist leer.

»Noch 'ne Runde, Lissie«, ruft Carsten von der Theke in meine Richtung.

»Dauert einen Moment. Ich muss in den Keller, um ein neues Fass anzuzapfen«, sage ich schulterzuckend und verschwinde in den Bierkeller. Ich steige die Treppe hinunter, öffne die Tür zum Getränkekühlraum, hänge das leere Fass ab und steche ein neues an. Zufrieden drehe ich mich um, um wieder nach oben zu laufen, aber Micha verstellt mir den Weg. Er lehnt lässig im Türrahmen und grinst – wie schon den ganzen Abend.

»Na, Frau Wirtin, das hast du aber schon gut drauf.«

»Danke. Muss ja«, sage ich und wische mir eine Strähne aus dem heißen Gesicht. Bierfässer umherziehen ist anstrengend – trotz Kühlhaus. Vielleicht macht mich auch Michas Anwesenheit hier unten etwas nervös.

Micha lehnt noch immer in der Tür und macht keine Anstalten, mich vorbeizulassen.

»Wenn du mich nicht gehen lässt, wird das nichts mit der nächsten Runde Bier«, versuche ich ihn dazu zu bewegen, mich wieder an meinen Zapfhahn zu lassen.

Er sieht mir in die Augen und ich bekomme eine Gänsehaut.

»Ich hab dich schon mal gehen lassen und glaube inzwischen, dass das ein großer Fehler war.«

Ach du meine Güte! Was läuft denn hier für

ein Film?

Er versucht, mich an sich zu ziehen, aber ich drücke ihn sanft weg.

»Micha! Wenn das mit uns was hätte werden sollen, hätte es dann nicht schon beim ersten Date gefunkt?«

Micha zuckt mit den Schultern und rollt ein bisschen mit den Augen. Ne, der Mann ist eindeutig zu betrunken für ernstgemeinte Liebeserklärungen.

Ich lächle und nutze die Gelegenheit, mich jetzt doch an ihm vorbeizudrücken.

»He, Lissie, warte doch mal!«

Er hebt die Hand, macht einen unbeholfenen Schritt, verliert das Gleichgewicht und landet rücklings in einem Stapel leerer Pappkarton-Weinkisten.

Ich lasse Micha kurz in seinem Papphaufen liegen, schließe in Ruhe die Tür zum Bierkühlhaus und helfe ihm dann doch auf, obwohl er bereits einen hilflosen Versuch startet, sich selbst aus dem Kisten-Chaos hochzurappeln.

»Danke«, ächzt er und ich schiebe ihn vor mir die Treppe hoch.

Carsten schaut uns erstaunt an, als wir wieder in den Gastraum kommen.

»He! Wo kommt ihr denn her?«, ruft er laut durch die Kneipe und ein paar Köpfe drehen sich zu uns um.

»Micha hat wohl gedacht, ich könnte kein Bierfass anschließen!«, erkläre ich wie selbstverständlich und jetzt ist es Micha, der eine rote Birne bekommt.

Aber das Wort »Bier« hat bei Carsten alle aufkeimenden Mutmaßungen über unseren Kelleraufenthalt verdrängt und er ruft in gleicher Lautstärke:

»Dann zeig mal, was das neue Fass hergibt! Wir haben Duuuurst!!«

Pfffff ... grrrrr ... roahhh ...

Und ein frisches, kühles Blondes fließt ins Glas. Es ist nicht das Letzte an diesem Abend.

»Mensch, was war das für ein Jahr! Danke, dass ihr mir alle von Anfang an so toll beigestanden, und dem Grünen Kränzchen die Treue gehalten habt!«

Ich hebe mein Sektglas und proste meiner Mannschaft zu – jedenfalls dem Teil, der mir auch an diesem Silvesterabend zur Seite steht, um noch die letzte gastronomische Schlacht dieses aufregenden Jahres mit mir gemeinsam zu schlagen. Ich nippe am Sekt, er rinnt meine Kehle hinab und wärmt Bauch und Seele, wie es sonst nur ein hochprozentiger Schnaps zu tun vermag. Mit der angenehmen Wärme im Bauch breitet sich ein Gefühl von Stolz in meiner Brust aus. Auf mein Team, aber auch auf mich. Ja, Lissie, heute darfst du dir ruhig auch mal auf die Schulter klopfen. Du hast das Grüne Kränzchen in den letzten Monaten gerockt.

Während ich noch meinen Gedanken nachhänge, öffnet sich die Tür und die ersten Silvestergäste treten ein. Die Weihnachtsdeko haben wir zugunsten von Luftschlangen und Konfetti abgeräumt, ein paar Tische mussten für die Tanzfläche weichen, der DJ steht in den Startlöchern – die Party kann losgehen.

Es dauert nicht lange und das Grüne Kränzchen ist rappelvoll. Die Älteren haben es sich an den wenigen Tischen bequem gemacht, die Jüngeren drängen sich grüppchenweise um die Stehtische oder bevölkern rhythmisch wippend die Tanzfläche. Die Gäste essen, trinken und feiern das Jahr zu Ende.

Mitten im Feiervolk entdecke ich auch Micha, der offenbar nach den Weihnachtsfeiertagen noch ein bisschen Urlaub in seiner alten Heimat drangehängt hat. Ich wundere mich, denn wenn ich in Berlin wohnen würde, wüsste ich, wo an Silvester mehr los ist, als in unserem verschlafenen Städtchen Traunbach.

Er steht bei der gleichen Clique, mit der er schon nach dem Weihnachtsmarkt unterwegs war, und schaut zu mir herüber. Er lächelt, hebt sein Apfelweinglas und prostet mir zu.

Ich lächle zurück und erwidere seinen Gruß mit meinem Sektglas. Eigentlich ist Alkohol während des Dienstes tabu. Darin bin ich konsequent, denn sonst läuft man schnell Gefahr, in seiner eigenen Kneipe zum Alkoholiker zu werden. Wenn ich jeden Schnaps mittrinken würde, der mir ausgegeben wird, könnte ich meine Leber als Rumtopf verkaufen. Nein zu sagen ist nicht immer leicht, aber inzwischen wissen meine Gäste, dass sie mir mit einem Schnaps keine Freude machen können, und versuchen erst gar nicht, mir einen auszugeben.

Aber heute feiern wir Silvester – und keine Regel ohne Ausnahme.

An meinen roten Wangen merke ich aber, warum ich das mit dem Alkoholgenuss sonst lasse.

»Ach, Lissie, mach dich mal locker!«, schelte ich mich selbst. Die Mädels im Service haben ihre Stationen im Griff, Peter unterstützt mich wie immer professionell hinter der Theke. Wenn ich heute statt 120 Prozent mal 80 gebe, wird die Welt schon nicht zusammenbrechen.

»Lissie, haste mal 'ne Schüssel mit Wasser für uns?«, fragt mich Frau Kraft, die heute ebenfalls mit ihren Karten-Ladies und deren Männern mitfeiert und sich ihren geliebten Tisch fünf in der Ecke gesichert hat.

»Bleigießen?«, frage ich mit einem süffisanten Grinsen.

»Ei, Kind, man muss doch wissen, was des neue Jahr so bringt.«

Ja, das würde ich wohl auch gern wissen, aber ob ein Klumpen Blei mir das an Silvester verraten kann, daran hab ich doch so meine Zweifel.

Ich hole eine wassergefüllte Schüssel aus der Küche und nehme noch ein paar Teelichter mit – dann schmilzt das Zeug wenigstens richtig.

Wie ein Haufen lustiger Kinder kippen die Herren und Damen, die sich alle im gesetzten Alter befinden, das heiße Blei zischend ins kalte

Wasser. Um danach – unter lautem Gekicher – augenscheinlich einen immer gleich aussehenden Klumpen herauszuholen, der aber selbstverständlich immer anders gedeutet wird. Und zwar so lange, bis es passt.

»Lissie! Jetzt bist du dran!«, ruft Frau Kraft und winkt mich heran. Na gut. Gönne ich ihnen ihren Spaß.

Egon sitzt wie immer kleinlaut in der Ecke, als Frau Kraft schwungvoll das heiße Blei ins Wasser gießt und es mit erhitzten Wangen wieder herausfischt. Und es ist: Ein Klumpen.

Leider habe ich »Klumpen« noch nie unter den Deutungsmöglichkeiten gefunden, die auf der Verpackung abgedruckt sind. Was soll »Klumpen« auch bedeuten? Mach mal wieder das Katzenklo sauber? Streng dich bei der nächsten Mehlschwitze mehr an? Iss mal wieder ein paar Hähnchen-Nuggets?

Frau Kraft dreht und windet den Klumpen in ihrer Hand, legt die Stirn in Falten und sagt dann bestimmt: »Ich finde, es sieht aus wie ein Lippenstift!«

Frau Lehmann dreht die Verpackung um und liest vor: »Lippenstift: Sinnliche Stunden!«

»Ooohhhh! Aaaaahhhhhh! Sieh an! Sieh an! Was hast du denn heute noch vor?«, kommentiert die Runde belustigt das Ergebnis. Ich werde rot. Frau Kraft hat sicher schon vorher die Erklärungen gelesen!

»Ach, papperlapapp«, sage ich, nehme Frau Kraft die Bleifigur aus den Händen und drehe sie hin und her. Dann sage ich triumphierend: »Ich finde, es sieht aus wie ein Leuchtturm! Wenn das nicht ein schönes Vorzeichen für meinen Kreuzfahrt-Urlaub ist!«

Frau Lehmann schaut auf die Erklärungstabelle und liest vor:

»Leuchtturm: Du landest im Ehehafen!«

Das Rot in meinem Gesicht steigert sich direkt mal um drei Stufen. Ich schüttle den Kopf.

»So ein Quatsch!«

Die Runde grinst, lacht und spekuliert bereits, wen ich heiraten könnte.

»Ich finde, es sieht aus wie 'ne Kanone«, nuschelt Egon schon etwas angetrunken aus seiner Ecke.

Frau Lehmann deklamiert erneut: »Kanone: Amor schießt auf dich!«

Frau Kraft lacht ihr lautestes Lachen. Obwohl sie neuerdings ein Hörgerät trägt, ist alles, was aus ihrem Mund kommt, trotzdem nicht leiser geworden. Sie wackelt mit ihrem Zeigefinger und flötet: »Lissie, du kannst es drehen und wenden, wie du willst! Im nächsten Jahr kommt die Liebe!«

Ich schüttle den Kopf und verziehe mich wieder hinter die Theke. Dabei denke ich kurz darüber nach, was mir von den bleiernen Weissagungen am liebsten wäre: Ein paar heiße Stunden, mich zu verlieben, oder vielleicht sogar direkt zu heiraten? Egal was: Das hebe ich mir fürs neue Jahr auf.

Inzwischen ist es halb vier. Die ersten Gäste haben sich auf den Heimweg gemacht, um morgen pünktlich zum Neujahrskonzert in unserer Kirche zu sitzen. Der DJ spielt etwas Langsames, damit die Party nicht bis morgen früh um acht dauert. Ich nehme mein Sektglas und gehe mal kurz vor die Tür. Die Nacht ist klar und kalt – das Feuerwerk konnte man bestens sehen. Das ist übrigens ein großer Vorteil zur Großstadt: Hier ist die Luft nicht nach einer halben Minute bereits rauchgeschwängert, so dass man vom Silvesterfeuerwerk nur noch die Knallerei hört, nicht aber die explodierenden Farben, Sterne und Kreise am Himmel sieht. Und doch wird mindestens genauso viel wie in der Stadt in die Luft geschossen – die Jugend hat Spaß daran, ihr komplettes Weihnachtsgeld, das es von Oma gab, in der Silvesternacht in Form von Böllern und Raketen zu dematerialisieren.

Ich atme einmal tief durch, nehme einen Schluck Sekt und freue mich für einen kurzen Moment einfach nur über das Hier und Jetzt.

»Ist dir nicht kalt?«

Ich brauche mich nicht umzudrehen, um zu wissen, dass Micha hinter mir steht. Er legt seine warmen Hände auf meine Schultern und ein Schauer läuft mir über den Rücken. Aber nicht vor Kälte. Irgendwie fühlt es sich in diesem Moment genau richtig an.

Micha dreht mich zu sich um und küsst mich. Ich kann gar nicht so schnell schalten, wie seine Lippen auf meinen liegen. Mein lieber Herr Gesangsverein! Der kann aber gut küssen! Und das will was heißen. Denn die meisten Männer denken nur, dass sie toll küssen können. Stattdessen versuchen sie entweder mit ihrer Zunge die deutschen Akrobatikmeisterschaften zu gewinnen, oder sie missbrauchen meine Mundhöhle als Wischobjekt, das bis in den letzten Winkel ausgeleckt werden muss. Manche tun auch einfach rein gar nichts und denken: Lass die Frau mal machen. Oder sie kommen auf solche Ideen wie mein Ex Charly, der seine Zunge statt in meinem Mund in meinem Ohr versenken wollte. Bah.

Aber Micha küsst ganz wunderbar. In genau der richtigen Mischung aus fordernd und flehend. Hach, dabei ist er doch gar nicht mein Typ. Aber das ist mir jetzt gerade mal egal. Das neue Jahr fängt gut an …

Ab in den Süden

Micha erwies sich als echter Gentleman. Nach seinem Kuss standen wir noch ein bisschen in der Silvesternacht rum, bis uns beiden so kalt war, dass auch der tollste Kuss nicht mehr gewärmt hätte. Micha hatte sich als einer der Letzten verabschiedet und es sich nicht nehmen lassen, mich noch einmal in eine Ecke zu ziehen, um mich mit einem weiteren Traumkuss in den frühen Morgen zu entlassen. Beseelt machte ich in der Wirtschaft noch einigermaßen klar Schiff, um kaputt, aber glücklich ins Bett zu fallen. Ich muss zugeben, dass ich frühere Jahre schon schlechter begonnen hatte als dieses.

Jetzt stehe ich allerdings frustriert vor meinem Kleiderschrank. Eins steht fest: Ich habe nichts anzuziehen. Und das meine ich ernst! Die Sommermode ist – dank Arbeitsstress – einfach an mir vorbeigefegt, während ich in meinen alten Fetzen Apfelwein serviert habe. Skeptisch ziehe ich das Sommerkleid hervor, das ich mir im Mai gekauft hatte, und lege es dann doch positiv überrascht in den Koffer. Und ich habe ja noch die Leinenhose! Ich greife in den Schrank, freue mich auf die leichte, weiße Hose – da fällt mein Blick auf den aufgenähten Pumuckl. Ja, richtig. Meine Mutter hatte es gut gemeint, aber nicht so gut gemacht, dass ich diese Hose mit in den Urlaub nehmen könnte. Und wo ist eigentlich mein Tankini geblieben? Ich durchwühle einige

Schubladen. Vergeblich. Der Umzug hat sein Opfer gefordert – meine Badesachen.

Kurz entschlossen schnappe ich meine Handtasche und fahre ins nahegelegene Einkaufszentrum, in der Hoffnung, dass die Weihnachtsware schon gegen Frühlingstrends ausgetauscht wurde.

Dank der im Einzelhandel verschobenen Jahreszeiten habe ich Glück und stürze mich auf die neuen Kleidungsstücke. Ich beschließe, erst einmal was für den Pool zu shoppen – ohne einen schicken Fummel geht's nicht aufs Schiff. Ideal wäre wieder ein Tankini. Ich finde, das ist die beste Erfindung der letzten Jahre. Nicht zu altbacken wie ein Badeanzug, aber auch nicht zu hartherzig wie ein Bikini, der einfach kein Pölsterchen verzeiht.

Die Auswahl kann sich sehen lassen, ich ziehe ein ums andere Teil hervor und halte es prüfend vor mich.

»Schickes Teil. Aber in Grün? Wollen Sie als Kanarienvogel gehen?«

Ich drehe mich um. Vor mir steht Kommissar Loch und grinst mich an. Er war der Ermittler bei dem Mordfall von Carla, der mich letztendlich wieder nach Traunbach verschlagen hat.

Ich betrachte kritisch den Tankini und sage:

»Naja, das würde ja irgendwie passen …«

»Wieso? Machen Sie ein Praktikum in einer Voliere?«, hakt er nicht ganz ernst gemeint, aber interessiert, nach.

»Nein, nein«, lache ich. »Aber Kanarienvogel

würde schon zu den Kanaren passen: Es geht ein paar Tage in die Sonne!«, nicke ich und strahle mit der Beschriebenen um die Wette. Auch ein grün-kritischer Herr Loch kann mir die Vorfreude nicht nehmen. Und er hält im Übrigen auch eine Badehose in der Hand. Klassischer Schnitt. Uni-schwarz. War klar. Ich deute mit meinem Kinn in Richtung der Langweiler-Buchse.

»Und Sie? Wollen Sie auch in den Urlaub? Naja, die Hose würde auch fürs Hallenbad reichen.«

Ein kleines Lächeln umspielt seine Lippen, als er mir antwortet: »Ja, auch ich muss mal raus. Und nein, es geht nicht nur ins Hallenbad.«

Sein Smartphone meldet sich, der Kommissar wirft einen Blick aufs Display, seufzt und sagt: »Aber bis dahin muss ich noch ein paar Fälle lösen. Ich wünsche Ihnen gute Erholung!«

Sprichts, lässt mich mit meiner Tankini-Auswahl zurück, und geht schnurstracks zur Kasse. Wohin der wohl in den Urlaub fährt! Bestimmt braucht der die Tarnhose doch fürs Hallenbad – in Norwegen!

Ich wende mich wieder meinen fünf Kleiderbügeln zu, die ich in der Hand halte, und hänge den grüngemusterten Tankini zurück an den Kleiderständer.

»Kanarienvogel! Pfff«, sage ich und gehe in die Umkleidekabine. Wenn der mich in ein paar Tagen am Pool sehen könnte, bliebe ihm die Spucke weg!

»Vielleicht sollte ich doch noch mal die Margret anrufen, damit sie guckt, ob ich das Bügeleisen ausgesteckt habe«, jammert meine Mutter und schiebt dabei unseren überladenen Gepäckwagen Richtung Check-in-Schalter. Sollte es auch bei Gepäckwagen eine Höchstbelastungsgrenze geben, haben wir sie garantiert überschritten. Ich selbst konnte mich auf einen Koffer beschränken, aber ich habe keine Ahnung, was meine Eltern alles in den drei Überseekoffern mitschleppen. Wahrscheinlich wurden sie dazu verleitet, ihren halben Hausstand mitzunehmen, weil Judith – Mamas Freundin im Reisebüro – ihnen irgendwie freies Übergepäck klargemacht hat.

»Mama«, sage ich beschwörend, »du musst dir keine Sorgen um das Bügeleisen machen, denn ich bin mir sicher, dass du es eingepackt hast – so schwer, wie eure Koffer sind und bei dem, was ihr alles mitgenommen habt!«

»Papperlapapp«, entrüstet sich meine Mutter. »Wir gehen ja schließlich auf eine Kreuzfahrt! Da musste ich doch e bissi mehr mitnehmen. Und wenn ich schon die Abendkleider einpacke, brauche ich auch die passenden Schuhe dazu. Sonst kann ich es ja auch gleich lassen.«

Ich seufze. Bereits einige Male habe ich versucht, meiner Mutter den Gala-Roben-Wahnsinn auszureden. Wir haben uns ja nicht auf dem Traumschiff eingebucht. Und auch Papas Protest, er wolle im Urlaub auf gar keinen Fall einen Smoking tragen, half nichts – Paillettenfummel & Co wurden eingepackt.

Aus meiner Handtasche piepst es – das dritte Mal in den letzten zwanzig Minuten. Bestimmt wieder eine Nachricht von Micha. Einerseits schmeichelt es meiner Seele, dass sich ein Mann wieder mal um mich bemüht, andererseits habe ich weiterhin Zweifel, ob Micha und ich wirklich zusammenpassen würden. Außerdem wohnt er in Berlin und auf eine Fernbeziehung habe ich keine Lust. Dazu kommt, dass sich mein neuer Job nicht durch beziehungsfreundliche Arbeitszeiten auszeichnet.

»Des Gepiepse lässt uns aber im Flieger in Ruh', oder?«, tadelt mich meine Mutter und ich nicke.

»Ich weiß gar nicht, ob wir auf dem Schiff Netz haben werden. Dann lässt es dich auch da in Ruhe«, erkläre ich und denke, dass es auch mir ganz gut tun wird, nicht für jeden dauernd erreichbar zu sein.

Am Check-in-Schalter angekommen, hieve ich unsere deutlich zu schweren Koffer aufs Band und frage mich dabei noch einmal, was meine Mutter alles eingepackt hat. Dank der Reisebüro-Connections haben wir vorreservierte Plätze, ich am Fenster, meine Eltern direkt in der Reihe hinter mir. Der Flug dauert zwar nur vier Stunden, trotzdem hoffe ich, dass ich nette Gesellschaft bekomme.

Ich habe es mir bereits auf meinem Fensterplatz gemütlich gemacht – Frauenzeitschrift, Kopfhörer und gleich bestelle ich mir einen Sekt! Ich lehne mich in meinem Sitz zurück und beobachte meine Mitreisenden, die noch einsteigen. Einige Passagiere mit Gangplätzen müssen sich wieder erheben, um diejenigen mit Mittel- oder Fensterplätzen in die Reihe zu lassen. Ich verstehe gar nicht, dass die Fluggesellschaften immer wieder den Versuch starten, nach Gruppen zu boarden: Erst am Fenster und hinten, dann in der Mitte, zum Schluss die Gäste am Gang und auf den vorderen Sitzen – es funktioniert nie. Alle wissen, dass der Flieger nicht ohne sie abhebt, trotzdem muss man das Flugzeug möglichst als Erster besteigen. Um seinen, für das Handgepäck eigentlich zu großen, Koffer über sich ins Fach zu quetschen. Und zwar genau über sich. Keinesfalls ein Fach weiter hinten. Und wenn das passiert, kann man darauf wetten, dass dieser Passagier nach der Landung als Erster aufspringt, alle im Gang wartenden Mitreisenden vehement zurückdrängt, um an seinen Koffer zu kommen. Ich verstehe nicht, dass die Fluggesellschaften die Handgepäckbestimmungen wieder peu à peu gelockert haben. Da sollte die Polizei mal ein Machtwort sprechen. Das kann doch Kommissar Loch auch nicht recht sein. Der könnte direkt der Stewardess einen Hinweis geben, schließlich ist er gerade an ihr vorbeigegangen.

    Ich halte in meinen Gedanken inne und schaue noch einmal genauer hin. Nein, ich habe mich nicht getäuscht. Er ist es! Und er kommt direkt auf meine Sitzreihe zu. Er wird doch nicht … Ich hebe meine Frauenzeitschrift und halte sie vor meine Nase.

Sebastian Loch bleibt in der Tat vor meiner Reihe stehen, sieht auf sein Ticket, seufzt und murmelt:

»Mittelplatz. Naja.«

Dann wirft er eine Tageszeitung auf seinen Sitz und blickt zu mir herüber. Ich lasse die Zeitschrift langsam sinken, versuche ein Lächeln, und sehe ihm in die Augen. Nein, nach Lochs Gesicht zu urteilen, hatte er auch keine Ahnung, dass wir im gleichen Flieger sitzen. Er will gerade ansetzen, etwas zu sagen, als ich meine Mutter aus der Reihe hinter mir lautstark höre:

»Juhuuu, Herr Loch, so ein Zuuuufall! Was machen Siiiieee denn hier? Na, setzen Sie sich doch erst mal. Neben Lissie sind Sie goldrichtig!«

Mehr muss ich nicht hören, um zu wissen, dass meine Mutter hinter diesem »Zufall« steckt. Da bin ich mir hundertprozentig sicher. Ich drehe mich zu meinen Eltern um. Das unschuldige Grinsen meiner Mutter vertreibt auch den letzten Zweifel.

Herr Loch lässt sich auf seinen Platz fallen, schnallt sich an, sieht zu mir rüber und sagt:

»Ja, was für ein Zufall! Jetzt sagen Sie bloß, Sie machen auch eine Kreuzfahrt.«

Ich nicke schuldbewusst, obwohl ich ja selbst noch komplett überrascht bin.

»Kanaren und Marokko?«

Herr Loch weiß, dass das eine rhetorische Frage ist.

Ich nicke.

Dann sagt er mehr zu sich selbst:

»Seb, du hättest auf deinen Instinkt hören sollen, als die Dame vom Reisebüro immer wieder von einer Kreuzfahrt angefangen hat. Nein, eigentlich hätte ich schon hellhörig werden müssen, als mir die Metzgersfrau wärmstens das Traunbacher Reisebüro empfohlen hat …«

Ich drehe mich wieder zu meiner Mutter um und sprühe mit meinem Blick ein paar Giftpfeile in ihre Richtung. Sie zuckt mit den Schultern. Das reinste Unschuldslamm.

»Boarding completed«, tönt es aus dem Lautsprecher.

»Na, dann! Machen wir jetzt wohl gemeinsam Urlaub!«, seufzt Herr Loch, dreht den Kopf zu mir und lächelt mich an. Da ist es wieder, das warme Lächeln dieses ansonsten so unnahbaren, gut aussehenden Mannes. Ich lächle zurück. Und wieder ist es so ein Moment, in dem ich nicht weiß, ob ich meine Mutter hassen oder lieben soll.

Kurz danach hebt der Flieger ab und die Crew startet mit ihrem Service. Ich kann es gar nicht abwarten, bis die Stewardess fragt, was ich trinken will. Den Sekt brauche ich jetzt noch dringender als vorher.

Ich nehme das Plastikglas entgegen und leere es in einem Zug. Die Stewardess schaut mich überrascht und mitleidig an.

»Urlaubsreif, was?«

Ich nicke.

»Wollen Sie noch einen?«

Ich nicke und schenke ihr ein dankbares

Lächeln.

»Und für Sie?«, wendet sie sich an den Kommissar.

»Einen Orangensaft, bitte.«

Der scheint in seinem Urlaub ja richtig Gas zu geben, denke ich, und nehme provozierend noch einen großen Schluck meiner Prickelbrause. Wäre ja auch zu schön gewesen, wenn sich Sebastian Loch direkt mal locker machen würde. Aber vielleicht kommt das während der Reise. Ich bin schon sehr gespannt.

Nachdem die Stewardess die anderen Passagiere in meiner Reihe mit Getränken versorgt hat, schaut sie noch einmal zu mir, beugt sich mit der Flasche herüber, und schenkt mein Glas erneut voll. Ich liebe Leute, die mitdenken.

Auch Herr Loch wird mit einem zweiten Orangensaft versorgt. Und so sitzen wir nun schweigend nebeneinander in einem Flieger Richtung Gran Canaria, mit Getränken auf unseren Tischen vor uns und hängen unseren Gedanken nach. Ich schließe die Augen und habe wieder die Hawaii-Bilder vor Augen. Der nette Kommissar neben mir hin oder her: Vielleicht hätte ich mich doch selbst um meinen Urlaub kümmern sollen. Dann würde ich jetzt an einem Sandstrand liegen. Allein. Oder mit Micha? Es wäre jedenfalls ganz still. Nur das Meeresrauschen wäre zu hören. Die Sonne brennt vom Himmel und bräunt meine Haut, wie ich da unter dem Sonnenschirm liege. Aber wieso laufen unsere Katzen Pünktchen und

Anton an mir vorbei Richtung Meer? Das ist ja merkwürdig. Die mögen doch gar kein Wasser. Und warum habe ich die beiden Fellmonster mit in meinen Urlaub genommen? Die werden doch nicht in die Wellen springen? Das muss ich verhindern. Ich sollte schnell hinterher.

Mein Bein zuckt, mein Kopf schnellt hoch und ich erwache aus meinem Powernapping. Ich erschrecke mich so sehr, dass ich mit dem Arm eine ungeschickte Bewegung mache, dem das Orangensaftglas von Herrn Loch zum Opfer fällt. Der komplette Inhalt ergießt sich über die Hose des Kommissars. Genauer gesagt, landet der Schwall zielsicher in seinem Schritt.

Sebastian Loch flucht, ich bin immer noch nicht ganz da, aber Gott sei Dank so geistesgegenwärtig, dass ich nicht dem Reflex nachgebe, mit einer Serviette den O-Saft von seiner Hose abtupfen zu wollen.

»Es … es … tut mir leid«, stammle ich. Was soll ich sonst auch sagen.

»Das fängt ja schon fantastisch an! Es wird sicher ein toller Urlaub! Der kann nur suuuper werden!« Ich kann den Sarkasmus in seiner Stimme deutlich hören.

»Entschuldigen Sie bitte, ich müsste mal zur Toilette«, sagt er gerade zu seiner Nachbarin, als das Flugzeug beginnt, ordentlich zu ruckeln und es aus dem Lautsprecher ertönt:

»Guten Tag, meine Damen und Herren, hier spricht der Kapitän. Wie Sie bereits bemerkt haben, durchfliegen wir gerade ein Feld mit einigen Turbulenzen. Ich bitte Sie, angeschnallt sitzenzubleiben und die Waschräume im Moment nicht mehr aufzusuchen.«

Herr Loch stöhnt ein »Wieso ich?«, lässt sich zurück in seinen Sitz fallen und legt den Kopf gegen die Rückenlehne. Er tut mir wirklich leid. Ich halte ihm zaghaft ein Päckchen Taschentücher hin. Aber er schüttelt nur erschöpft den Kopf und schließt die Augen.

Ich werfe einen verstohlenen Blick auf seine Hose. Der gelbe Fleck prangt wirklich auf einer so unglücklichen Stelle, dass man denken könnte, der arme Kommissar habe sich in die Hosen gemacht. Ich hoffe inständig, dass die Schiffswäscherei das Malheur wieder rausgewaschen bekommt. Nicht, dass meine Mutter Herrn Loch noch einen Pumuckl drauf nähen muss.

Willkommen an Bord!

Ich stehe auf dem Balkon meiner Kabine und schaue hinaus in den Hafen. Die Nachmittagssonne scheint noch kräftig und wärmt mein Gesicht. Ich schließe die Augen, atme tief die würzige Seeluft ein, und seufze glücklich. Endlich Urlaub!

    Die Bilder vom Check-in kommen mir noch einmal ins Gedächtnis und ich muss grinsen. Der arme Herr Loch. Wie er da mit seiner fleckigen Hose vor dem Schiffssteward stand, der, nachdem er einen mitleidigen Blick auf Herrn Lochs Schritt geworfen hatte, den Kommissar ganz serviceorientiert fragte, ob er während des Aufenthalts an Bord medizinische Unterstützung bräuchte. Woraufhin ein konsternierter Herr Loch beleidigt »Das ist nur Orangensaft« hervor presste.

Ich kichere vor mich hin, gehe vom Balkon wieder in meine Kabine hinein, schnappe mir die Schlüsselkarte und trete auf den langen Korridor hinaus. Ob ich mich hier jemals orientieren können werde? Am besten, ich fange direkt damit an: Auf geht's zur offiziellen Schiffsführung.
»Was machen Sie denn hier?« Ich traue meinen Augen nicht. In der Gruppe, die sich zur Schiffbesichtigung vor dem Theater eingefunden hat, steht ein Mann in einem pinkfarbenen Freizeitanzug. Dazu trägt er einen passenden

Hut in babyrosa und sieht wieder einmal total fehl am Platz aus. Nur einer schafft es immer aufs Neue, sich so zu kleiden, dass man sich am liebsten dafür fremdschämen würde. Und dabei sollte man doch meinen, dass gerade er um eine unauffällige Erscheinung bemüht sein müsste.

Georg Schneider, seines Zeichens Privatdetektiv, sieht mich ebenso erstaunt an.

»Fräulein Lissie! Das ist in der Tat eine große Überraschung. Es ist ja nicht so, dass ich nicht hocherfreut bin, Sie wieder in meiner Gegenwart begrüßen zu dürfen, aber …«

Er senkt seine Stimme, beugt sich geheimnisvoll zu mir herüber, und flüstert.

»Ich bin hier im Auftrag einer Mandantin. Ich wäre entzückt, wenn Sie meine Tarnung nicht direkt auffliegen lassen würden.«

Welche Tarnung, denke ich.

»Welche Tarnung?«, frage ich ihn dann auch, flüstere automatisch ebenfalls und ergänze erklärend: »Sie tragen einen rosa Anzug und einen pinken Hut!«

Er schaut an sich herab, dreht und wendet sich und versucht, über seine Schulter auch seinen Rücken zu inspizieren, sieht mich an und zuckt mit den Schultern.

»Ja, und? Ist er befleckt?«

»Nein«, flüstere ich zurück und bemerke, dass sich schon einige Passagiere zu uns umgedreht haben und uns neugierig mustern.

Ich will ihn gerade fragen, was er für einen Auftrag hat, als ein Mitglied der Schiffsbesatzung seine Stimme erhebt und die Führung losgeht. Was werden das wohl wieder für Nachforschungen von Herrn Schneider sein. Ich fürchte, ich werde es noch früh genug erfahren.

Wir laufen los – immer unserem Guide Alex nach, der – natürlich – ein Schild mit dem Logo der Kreuzfahrtgesellschaft vor sich herträgt und die Führung leitet. Es geht hoch und runter, von Heck zu Bug, Backbord und Steuerbord, Restaurants, Boutiquen, Bars – ich fange an, den Überblick über diese Kleinstadt zu verlieren. Und ich dachte, diese Führung würde mir zu einer besseren Orientierung verhelfen und sie mir nicht nehmen! Denn das ist dieses Schiff in der Tat: Eine Kleinstadt, wo man alles bekommt und keine Wünsche offen bleiben. Ich ertappe mich, wie mir immer mal wieder der Mund offen stehen bleibt – es ist wirklich beeindruckend, was das Schiff bietet. Schließlich machen wir Station auf Deck 11 – Sport & Spa. Und das ist das I-Tüpfelchen auf dem Sahnehäubchen: Hot-Stone-Massagen, Ayurvedakuren, Entschlackungsbäder, Gesichtskosmetik, Mani- und Pediküre, Friseursalon und eine Saunalandschaft, in die meine Wohnung schätzungsweise fünfmal reinpasst.

Alex, unser Tourführer, biegt um eine weitere Ecke und erklärt dabei: »Und wenn Sie das gute Essen in unseren zahlreichen Bordrestaurants direkt wieder abtrainieren wollen, haben Sie dazu hier in unserem Fitnessstudio Gelegenheit. Egal, ob Sie Profi sind oder eine erste Einweisung brauchen …«

Er macht eine kurze Pause, streckt präsentierend den Arm in eine Richtung der Gruppe, die sich daraufhin öffnet und den Blick auf einen Mann freigibt, der lässig grinsend dahinter steht.

»Wenden Sie sich einfach vertrauensvoll an unseren Fitness-Coach Charly.«

Ich starre den durchtrainierten Typen mit den langen Rasta-Locken entgeistert an. Alex fängt meinen Blick auf und ruft lachend in die Runde: »Bitte schauen Sie nicht so entsetzt, junge Frau. Es zwingt Sie natürlich niemand, in Ihrem Urlaub auch nur irgendeinen Finger krumm zu machen!«

Ich spüre, dass sich mein Gesichtsausdruck noch immer keinen Millimeter geändert hat. Ich starre Charly weiterhin an, als wäre ich einem Geist begegnet. Charly Seifert, Ex-Schwarm und – dank mir – verurteilter Dopingmittel-Dealer. Was macht der denn auch noch hier? Ich sehe zu meinen Eltern hinüber, die ebenfalls an der Führung teilnehmen, aber bereits Kontakt zu zwei gleichaltrigen Pärchen geknüpft haben, mit denen sie schon in eine lautstarke Unterhaltung verfallen sind und deshalb nur die Hälfte der Führung mitbekommen. Sie haben Charly noch gar nicht wahrgenommen. Und ich warte darauf, dass eine Tür aufgeht, ein Fernsehteam hereinstürmt und »Überraschung! Versteckte Kamera!« schreit. Das kann doch alles kein Zufall sein!

Alex ergreift wieder das Wort: »So, meine Damen und Herren, hier endet unsere Einführungstour. Ich wünsche Ihnen einen angenehmen, erholsamen Urlaub und würde mich freuen, wenn ich Sie heute Abend in unserem Theater zu unserer ersten Show begrüßen dürfte: ›Hot Summer – Travestie meets Comedy‹. Beginnen Sie direkt mit Aktivurlaub und strapazieren Sie Ihre Lachmuskeln. Vielen Dank und einen schönen Tag noch!«

Die Gruppe klatscht und löst sich zügig und schwatzend in alle Richtungen auf. Nur ich bleibe immer noch wie angewurzelt stehen.

Charly kommt auf mich zu. Warum tut sich nie ein Loch im Boden auf, wenn man es mal braucht!

»Wenn der Prophet nicht zum Berg kommt, muss der Berg wohl zum Propheten kommen«, begrüßt er mich, und streckt mir etwas unterkühlt die Hand entgegen.

»Umgekehrt«, sage ich.

Charly sieht mich fragend an.

»Das mit dem Prophet und dem Berg.«

Charly sieht mich immer noch fragend an.

»Na, also der Berg kann ja gar nicht zum Propheten kommen. Der ist ja quasi fest. Also auf der Erde drauf. Der kann ja nicht weg, da wo er so rumsteht, der Berg. Dann muss also der Prophet zum Berg …«

Jetzt sieht Charly so aus, als wäre er es, der auf's Team der Versteckten Kamera wartet.

»Ach, vergiss es. Was machst du denn hier?«, versuche ich die peinliche Situation zu retten.

»Wie du gehört hast, arbeite ich hier. Meine

Strafe wurde zur Bewährung ausgesetzt, aber das Fitnessstudio hat mir gekündigt. Und zurück an die Uni wollte ich nicht – das Studium habe ich endgültig geschmissen. Tja, und dann gab mir ein Freund den Tipp, dass Fitnesstrainer auf Kreuzfahrten gerade echt gesucht werden. Und jetzt bin ich hier. Natürlich mit Erlaubnis meines Bewährungshelfers.«

Er grinst ein etwas schiefes Grinsen, steckt lässig die Hände in die Taschen seiner hippen Sporthose, sieht mich herausfordernd an, und fragt mit einem süffisanten Unterton in der Stimme: »Und du machst jetzt also Kreuzfahrten? Hätte ich dir gar nicht zugetraut! Bist du dafür nicht etwas zu jung?«

Ich werde rot. Jetzt wäre mal wieder Zeit für ein Memo an mich selbst: Spätestens nach dieser Reise halte ich Ausschau nach einem Kurs, wie man seine Gesichtsfarbe besser unter Kontrolle behält. Vielleicht hat Dr. Tiefenbruch etwas im Angebot.

Ich spüre schon die Hitze in meinem Gesicht und plappere vor mich hin: »Naja, das war nicht meine Idee, sondern die meiner Mutter.«

Charlys Grinsen wird noch etwas breiter.

»Ach ja, die hab ich gesehen. Also machst du auch noch Familienurlaub ...«

Oh man, ich glaube, es kann nicht peinlicher werden und erneut wechselt meine Gesichtsfarbe: von knallrot zu dunkelrot.

»Ja«, antworte ich knapp.

Pause.

»Ich muss dann auch mal. Wir sehen uns ja sicher noch«, sage ich und schicke mich an, zu gehen.

»Ja. Wenn ich dich ein bisschen in Form bringen soll: Komm rum!«

Doch, es geht noch peinlicher.

Er hebt die Hand zum Gruß und trollt sich in Richtung seines Arbeitsplatzes.

Für einen kurzen Moment sehe ich ihm noch nach, dann drehe ich mich um und mache mich auf die Suche nach der nächsten Bar – nach dieser Begegnung brauche ich jetzt einen Drink.

Zwei Sherry später gehe ich beschwingt in das Restaurant, in dem ich mich mit meinen Eltern verabredet habe, und freue mich jetzt erst einmal auf ein gemütliches Abendessen. Als ich an den Tisch meiner ehemaligen Erziehungsberechtigten trete, frage ich mich, wo ich denn mein gemütliches Abendessen einnehmen soll, denn alle Plätze sind bereits besetzt. Meine Mutter, die schon in eine lebhafte Diskussion mit ihrer Tischnachbarin verwickelt ist, sieht kurz zu mir auf. Sie setzt eine entschuldigende Miene auf und sagt: »Ach, Lissie, des ist jetzt blöd, weil das ein Sechser-Tisch ist. Ich hab schon gefragt, aber mir könne hier kein Stuhl mehr dazustelle, sonst komme die Kellner net mehr durch. Und was willste auch mit uns Alte. Du findest sicher auch ein paar junge Leut, mit denen du essen kannst.«

Bevor ich noch was erwidern kann, treten drei Kellner, die mit elegant angerichteten Speisen auf großen Tellern bewaffnet sind, an den Tisch.

»Entschuldigen Sie bitte«, sagt der Ober, der direkt neben mir steht, und es klingt überhaupt nicht so, als täte ihm hier irgendetwas leid.

»Wir würden gerne servieren.«

Ich bin immer wieder erstaunt, wie man etwas sagen und gleichzeitig etwas komplett anderes meinen kann. Nämlich in diesem Fall: »Ich würde Sie jetzt bitten zu gehen.«

Ich trolle mich etwas frustriert von dannen. Auch, wenn es nur meine Eltern gewesen wären, die mir Gesellschaft geleistet hätten: Wenn ich eins hasse, dann ist es, im Urlaub alleine zu essen. Das empfinde ich als wirklich großes Manko des Single-Daseins. Ich kann mir alleine Museen anschauen, Achterbahn fahren, die Zeitung lesen, einen Tauchgang buchen. Aber ohne Gesellschaft zu essen, verurteilt den Alleinreisenden zur Höchststrafe. Ja, Nahrung aufnehmen, das geht gut alleine. Aber ein Essen zu genießen, möglicherweise sogar mehrere Gänge – das macht allein und ohne eine gepflegte Unterhaltung einfach keinen Spaß.

Ich beschließe, mir mein Abendessen im Büffetrestaurant selbst zusammenzusuchen, und fahre hinauf zu Deck 9 Als ich mit meinem, aus Frust etwas zu voll beladenen Teller, hinaus auf die Heckterrasse trete, gelangen zwei mir wohl vertraute Stimmen an mein Ohr.

»Nein! Was du nicht sagst! Ob da ein Leckerchen für uns dabei ist?«

»Schätzchen, du wirst mir doch nicht schon

am ersten Abend untreu werden! Dein süßer Knackarsch gehört ganz mir! Vergiss das nicht!«

Ich trete zu den beiden gutaussehenden jungen Herren, die sich lebhaft unterhalten.

»Ist da noch frei?«, frage ich und lasse mich dabei bereits in einem der ausladenden Korbstühle nieder.

Zwei Köpfe drehen sich schlagartig zu mir und wie aus einem Mund erklingt es:

»Lissie!«

Ich grinse meine ehemaligen Kölner Nachbarn an: Tim und Tobi, das nette schwule Pärchen, das die letzten sechs Jahre neben mir gewohnt hat, bevor ich mir in den Kopf gesetzt hatte, Kneipenwirtin in Hessen zu werden.

»Was machst du denn hier?«

»Das gibt's ja nicht!«

»So ein Zufall!«

»Jetzt lass sie doch auch mal was sagen!«

»Ich sag doch gar nichts!«

»Ach, komm, du olles Plappermaul. Lass unser Mädchen doch mal zu Wort kommen!«

»Würde sie ja, wenn du mal still wärst!«

Nach drei weiteren Minuten mit »also Sachen gibt's« und »die Welt ist ein Dorf«- Wortwechseln zwischen den beiden, habe ich schon ordentlich was weggemampft, da ich eh nicht zu Wort komme, und sehe mir dabei belustigt das Schauspiel an. Nein, um mangelnde Kommunikation werde ich mich während der kommenden Tage nicht mehr sorgen müssen.

Beide sind perfekt für eine Kreuzfahrt gestylt: Tim trägt ein geschmackvolles Langarm-Shirt im Matrosenlook, dazu eine weiße Tuchhose und dunkelblaue Segeltuchschuhe. Seinen Hals schmückt ein passendes Halstuch. Tobi – wie immer ganz Frostbeule – trägt über dem T-Shirt ein kariertes Hemd, darüber einen Pullover und noch eine Daunenweste. Dazu hat er sich ein passendes Tuch mehrfach um seinen Hals geschlungen. Es würde mich nicht wundern, wenn unter seiner Designerjeans die Skiunterwäsche herausblitzen würde. Mir wird schon beim Zusehen von meinen warmen Jungs heiß, die ich in meinem hessischen Dorf wirklich vermisse. Zusammen haben wir in Köln schon die eine oder andere großartige Partynacht verbracht. Das eine Mal, als wir es wirklich ziemlich mit der Feierei übertrieben hatten, wusste ich es besonders zu schätzen, schwule Nachbarn zu haben: Von denen kann sich Frau ganz prima ausziehen und ins Bett bringen lassen, ohne dass man Angst haben müsste, dass sie die Situation ausnutzen würden. Denn die beiden stehen wirklich nur auf Männer – geschlechtsübergreifender Fehltritt ausgeschlossen. Seit drei Jahren sind sie sogar verpartnert und ich kann mir nicht vorstellen, dass sich das jemals ändern wird. Tim und Tobi passen einfach perfekt zusammen.

All das geht mir durch den Kopf, während ich kauend weiter zuhöre, wie sich die beiden kabbeln, wer mich denn jetzt endlich zu Wort kommen lassen soll.

Ich schlucke und sage:

»Jungs! Ich bin so froh, euch hier zu sehen! Dann kann das ja doch noch ein spaßiger Urlaub werden!«

Tim und Tobi verstummen, und sofort haben beide glasige Augen. Was ich zu wenig an Gefühlsduselei abbekommen habe, haben die beiden im Überfluss.

Tobi lässt sein Besteck fallen, umarmt mich von der Seite und ich habe Angst, ihn entweder mit meinem Messer zu erstechen, oder mit der Gabel sein Designeroutfit zu zerstören.

»Ach, Lissie, das ist ja wirklich ein fantastischer Zufall. Darauf müssen wir anstoßen! Ich besorg uns mal einen ordentlichen Drink!«

Tobi springt auf und kommt wenig später mit drei Gin Tonic wieder. Ich ahne Böses.

»Stößchen!«, rufen Tim und Tobi wie aus einem Mund und wir lassen die Gläser klingen.

Zwei weitere Gin Tonic später marschieren wir eingehakt und vor uns hin kichernd Richtung Theater, um uns die angekündigte Travestie-Show anzusehen. Ich bin eigentlich kein Freund solcher Animationsabende, aber Tim und Tobi bestanden darauf, dass ich mitkomme.

»Männer für alle!«, hatte Tobi laut ausgerufen und ich war in diesem Moment sehr froh, dass sich die Terrasse schon merklich geleert hatte.

Wir suchen uns einen Platz im Theater – natürlich ganz vorne.

»Wir müssen schließlich sehen, ob die Typen einen Waschbrett- oder einen Waschbärbauch haben!«, lautet Tims zugegebenermaßen schlüssige Begründung.

Kurz nachdem das Licht im Zuschauerraum verloschen ist und die Show begonnen hat, rempelt mich Tobi von der Seite an: »Der eine sieht aus wie Daniel!«

»Wer ist Daniel?«, flüstere ich zurück.

»Ach stimmt! Den kennst du ja noch gar nicht!«, zischt jetzt Tim von der anderen Seite.

»Der wohnt seit Oktober in der rechten Wohnung im ersten Stock. Die alte Frau Schmitz hat doch leider das Zeitliche gesegnet und da ist dann Daniel eingezogen.«

»Die arme Frau Schmitz. Die hab ich immer gemocht«, sage ich etwas lauter und prompt kommt von einer der hinteren Reihen ein: »Pssssssst!«

Tobi dreht sich erbost um und sagt lautstark:

»Na, so viel Spannendes gibt's von den Fummeltrinen ja noch nicht zu hören!«

Er dreht sich wieder zu mir und lächelt mich wohlwollend an.

Ich kichere leise.

Da schaltet sich Tim noch einmal flüsternd ein.

»Aber ich glaube nicht, dass der das ist. Der ist ja eben keine Fummeltrine – das haben wir ja direkt gecheckt. Eher ein bisschen langweilig. Mitte vierzig, reich verheiratet, aber des Understatement wegen haben sie die Wohnung in der Stadt gekauft und ausgebaut. Wir waren mal zum Kaffeetrinken eingeladen. Sehr geschmackvoll und teuer eingerichtet, die Bude. Also: Der ist sowas von hetero, da könnte George Clooney nackt vor ihm liegen und er wüsste nichts mit ihm anzufangen.«

Ich muss an Georg Schneider denken und kichere noch mal.

Natürlich müssen wir nach der Show noch »einen Absacker« trinken und dabei die »Disco« testen. Neben uns sind nur noch etwa fünfzehn weitere Gäste in dem abgedunkelten Club, der mit Nebel und Lightshow aber auffährt, als seien zweihundert feierwillige Passagiere anwesend. Der DJ tut mir leid, denn er bemüht sich redlich, aber nur ein Pärchen bewegt sich mehr wippend als tanzend auf der kleinen Tanzfläche. Tobi stürmt sofort auf ihn zu – er wird sich etwas wünschen, obwohl er weiß, dass DJs das hassen.

Tim bringt unsere Drinks und Tobi schreit mir ins Ohr:

»Ich hab ihm die Wahl gelassen! Robbie oder Kylie! Wenn er das nicht spielt, wünsch ich mir Gloria Gaynor!«

Ich nicke lachend.

Die ersten Takte von Robbie Williams »Let me entertain you« erklingen, und Tim und Tobi reißen die Arme hoch, schreien »Robbiiieeeeee«, während sie mich schon auf die Tanzfläche zerren. Wir tanzen ausgelassen und immerhin gesellt sich ein weiteres Pärchen zu uns. Wahrscheinlich sind fünf tanzende Passagiere schon ziemlich gut für das Schiff, dessen gefühltes Durchschnittsalter doch eher so bei 50 + liegt. Zwar sind die meisten Urlauber noch nicht komplett senil, aber Tim, Tobi und ich sind altersmäßig eher an der unteren Grenze anzusiedeln.

Schwitzend und lachend wanken wir von der Tanzfläche und trinken die letzten Schlucke unserer Gin Tonic. Schwungvoll knallt Tim sein leeres Glas auf den Tresen, um zu verkünden: »So. Genug für den ersten Abend! Tobi-Schatz, wir gehen jetzt in die Heia – schließlich wartet morgen früh der Pool auf uns. Lissie, was ist mit dir: Gehst du mit?«

Ich ziehe noch mal an meinem Strohhalm, der aber, mangels Masse im Glas, nur ein gurgelndes Geräusch von sich gibt.

»Ja, morgen direkt an den Pool legen, klingt super.«

Tobi schüttelt tadelnd den Kopf.

»Ne, ne, bevor wir uns an den Pool legen, wird erst was gegen das gute Essen getan. Damit wir das auch morgen Abend wieder genießen können. Halb sieben? Fünfzig Bahnen im Außenpool?«

Ich verschlucke mich am letzten Rest Gin-Tonic-Luft.

»Halb sieben? Seid ihr irre? Ich glaub, ich hab mich verhört!« Provokant stecke ich mir den Finger ins Ohr und rüttele, als ob ich mein Ohr von etwas freischütteln wollte, was mein Gehör blockiert.

»Natürlich ist das unser Ernst! Willst du als Tonne aus dem Urlaub zurückkommen?«

Ich stelle mein Glas ab und sehe den beiden in die Gesichter, die dämonisch von rotem und weißem Discolicht angeflackert werden. Ja, natürlich meinen die beiden das ernst. Denn man kann mit Tim und Tobi zwar ausgiebig feiern, mindestens genauso exzessiv betreiben die beiden aber ihren Sportwahn. Joggen, Schwimmen, Fitnesstraining – gerne auch mal Bootcamp.

Wenn die Kommunikation also beim nächsten Essen nicht ausschließlich aus dummen Sprüchen über meine Sportmuffelei bestehen soll, muss ich wohl mit.

»Na gut«, seufze ich. »Dann eben nicht ausschlafen. Der Urlaub fängt ja auch gerade erst an.«

Eine Leiche im Pool

»Piep, piep, piep, piep.« Der Wecker klingelt erbarmungslos und reißt mich aus dem nicht besonders langen Schlaf. Ich muss mich kurz orientieren, wo ich überhaupt bin. Dann stehe ich auf und öffne den Vorhang zu meinem Balkon ein wenig. Das Schiff pflügt sich erstaunlich leise durch die Fluten, aber die Gischt schwappt deutlich hörbar gegen die Bordwand. Es ist nicht besonders warm und zudem noch stockdunkel. Ich seufze, schaue noch einmal auf meinen Wecker. Tatsächlich schon zehn nach sechs. Oder besser gesagt: Erst zehn nach sechs. Ich fürchte, ich habe einen kleinen Kater und bin außerdem noch todmüde.

Ich murmle vor mich hin: »Lissie, du hast Urlaub! Wie bekloppt ist es denn, so früh aufzustehen, um schwimmen zu gehen!«

Aber leider antwortet mir niemand auf meine Selbstgespräche. Keiner sagt mir, dass ich mich wieder ins Bett legen soll. Ich streife mein Schlafshirt ab und schlüpfe in meinen neuen Tankini. Hm, in der Umkleidekabine hat der aber auch noch besser gepasst. Ich sehe Tim und Tobi vor meinem geistigen Auge, wie sie mich selbstgefällig anschauen. Nein, ich kneife nicht! Auch Sport ist schließlich Erholung für den geschundenen Körper! Ich putze mir rasch die Zähne, schmeiße mich in meinen Bademantel, schlüpfe in die guten Adiletten, schnappe mir noch meine Schwimmbrille, stecke die Schlüsselkarte ein und mache mich auf zu Deck 14 und dem Außenpool. Pah! Da werden die beiden staunen, wenn ich sogar vor ihnen im Wasser bin!

    Ich fröstle ein wenig, als ich durch die automatische Glastür ins Freie trete. Man kann erahnen, dass der Sonnenaufgang nicht mehr lange auf sich warten lässt, und damit dann hoffentlich auch die Temperaturen steigen. Aber im Moment ist es noch dunkel und kalt. Ob man so früh den Pool überhaupt schon benutzen darf? Und ich meine mich zu erinnern, dass er nicht beheizt ist. Ich hoffe, ich habe mich da bei der Führung verhört.

    Die Wellen peitschen gegen das Schiff, die Reling ist nur spärlich beleuchtet. So im Dunkel der endenden Nacht hat die ganze Szenerie gerade gar nichts von Urlaub. Das Deck erstreckt sich feucht glänzend und menschenleer vor mir. Weiter vorne, hinter dem nächsten Aufgang, muss irgendwo der Pool sein. Ich bekomme eine Gänsehaut – mir ist kalt und alles wirkt ein bisschen unheimlich. Habe ich jetzt auch noch Schritte gehört?

    »Hallo? Tim? Tobi? Seid ihr schon da?«

    Meine Frage wird unbeantwortet von der Seeluft davongetragen. Wenn mich jetzt hier jemand über Bord wirft, würde man noch nicht einmal meinen Schrei hören.

    »Lissie, du spinnst mal wieder!«, schelte ich mich selbst leise flüsternd.

    Unsicher stakse ich über das rutschige,

dunkle Deck Richtung Pool, vorbei an der Handtücherausgabe, an der – natürlich – um diese nachtschlafende Zeit noch keine Handtücher ausgegeben werden. Vorbei an gestapelten Liegen, die hoch aufragend und weiß im fahlen Mondlicht glänzen, und die Sicht auf alles und jeden, der sich dahinter verbergen könnte, versperren. Ich taste mich Meter für Meter durch die Nacht. Da vorne muss der Pool sein. Noch zwanzig Meter. Der Wind pfeift ein wenig gespenstisch über das Schiff – außer mir scheint noch niemand wach zu sein. Noch nicht einmal die Crew, die dafür verantwortlich ist, den Pool, die Liegen und die diversen Bars für die Passagiere herzurichten.

Ich komme an einem weiteren Aufgang zum Deck vorbei, danach liegt endlich der Pool vor mir. Dunkel, glatt und kalt. Und in der Mitte schwimmt eine Leiche.

»Mannomann! Eine Leiche im Pool! Der Morgen fängt ja gut an!«, sage ich halblaut zu mir selbst.

»Woher weißt du, dass es eine Leiche ist?«, zischt Tobi mir ins Ohr. Kaum stehe ich am Pool und schaue etwas fassungslos auf den toten Körper, als Tim und Tobi von hinten an mich herantreten und mich fast zu Tode erschrecken.

»Ihr habt mich fast zu Tode erschreckt!«, schnauze ich die beiden etwas unfreundlicher an, als ich wollte, woraufhin beide gleichzeitig und entschuldigend die Hände heben.

»Wen verständigen wir denn wegen des Toten?«, sage ich mehr zu mir selbst, als zu den beiden, die ebenfalls etwas ratlos neben mir stehen. Gemeinsam starren wir auf den dunklen Pool und den darin treibenden Körper.

»Jetzt sag schon: Woher weißt du, dass es eine Leiche ist?«, flüstert Tobi noch einmal in meine Richtung.

»Naja, ich glaube nicht, dass jemand so lange mit dem Gesicht nach unten im Wasser treiben kann. Und für einen Schnorchelkurs ist es definitiv zu früh«, sage ich erklärend und Tim und Tobi nicken verständnisvoll und wieder unisono.

»Und wenn er doch nicht tot ist?«, hakt Tobi noch einmal nach. »Dann ist es unterlassene Hilfeleistung, wenn wir ihm nicht helfen.«

Tim springt kurzentschlossen ins Wasser und schwimmt zu der Leiche. Vorsichtig dreht er den Kopf, um in zwei offene, leere Augen zu starren. Er sieht zu uns herüber und schüttelt bedauernd den Kopf.

»Ich hab es euch doch gesagt, dass der nicht mehr lebt«, sage ich und ergänze: »Bleibt ihr beide hier und rührt nichts an, ich hole Kommissar Loch – für was reist man schließlich mit einem Polizisten.«

»Kennst du denn seine Kabinennummer?«, fragt Tim.

»6018«, sage ich wie aus der Pistole geschossen und schiebe erklärend hinterher: »Hab ich zufällig beim Einchecken mitbekommen.«

Schnell weg hier, bevor ich zu viele neugierige Fragen zu meinem Verhältnis zu Kommissar

Loch beantworten muss.

Schon im Gehen sage ich noch: »Nichts anfassen! Ich bin gleich wieder da.«

»Aber …«, höre ich noch Tobis Stimme. Den Rest des Satzes verschluckt der Wind.

»Na, sehen Sie! Natürlich liegt eine Leiche im Pool!«

Herr Loch steht neben mir und nickt widerwillig, aber zustimmend. Es hatte mich einige Überzeugungskunst gekostet, ihn aus seiner Kabine und mit aufs Oberdeck zu holen. Und ich weiß nicht, ob ihn die Drohung, ihn in Deutschland wegen Arbeitsverweigerung zu verklagen, oder meine Lautstärke, mit der ich unablässig an seine Tür gebollert habe, ihn letztendlich zum Mitkommen bewegt haben. Jedenfalls stehen wir jetzt zu viert am Beckenrand und starren auf die Leiche.

»Was ist denn hier los? Ist euch Feiglingen zu kalt, um ins Wasser zu hübbe?«, höre ich die mir wohl vertraute Stimme meiner Mutter hinter uns.

Ich drehe mich zu ihr um. Und zu meinem Vater, der neben ihr steht. Ich bin kurz sprachlos, denn meine Mutter trägt eine gelbe Badekappe mit großen Blüten, von der ich nicht weiß, ob sowas inzwischen wieder modern ist, oder ob sie die noch original aus den 70er Jahren aufgehoben hat. Mein Vater hat sich in eine knall-orangene, enge Badehose geworfen, die sicher ebenfalls meine Mutter für ihn ausgesucht oder aufgehoben hat. Außerdem prangt eine Schwimmbrille auf seiner Stirn. Wenn wir in

Traunbach einen Strand hätten, sähen die hessischen Baywatch-Rettungsschwimmer bestimmt genauso aus.

»Was macht ihr denn hier?«, frage ich verblüfft, denn ich hätte mit allem gerechnet, aber nicht damit, dass meine Eltern eine morgendliche Schwimmstunde einlegen.

»Mir wolle ja auch fit bleibe. Und du weißt ja: Der frühe Vogel fängt den Wurm!«, erklärt mein Vater, während meine Mutter neugierig an mir vorbeischaut und dann ausruft:

»Ach du liebe Zeit! Da liegt ja einer im Pool! Ist dem nicht gut?«

»So kann man es auch sagen«, nuschle ich vor mich hin.

Der Kommissar wendet sich an meine Mutter: »Wir haben hier leider einen Todesfall, Frau Sommer. Ich werde zunächst einmal den Kapitän und den Schiffsarzt benachrichtigen.«

»Die Schiffsärztin!«, berichtigt meine Mutter ihn direkt. »Frau Reinhardt!«

Wieder einmal muss ich mich über meine Frau Mutter wundern.

»Woher weißt du denn das schon wieder?«

Jetzt ist es meine Mutter, die mich erstaunt ansieht.

»Das hat doch dieser Alex gestern bei der Führung erklärt! Sag bloß, das hast du wieder nicht mitbekommen. Sowas muss man doch wisse!«

Hab ich nicht. Ich hätte auch nicht gedacht, dass wir so schnell die Hilfe einer Schiffsärztin brauchen.

Meine Mutter winkt ab, dreht sich um und murmelt im Gehen:

»Ich gehe sie holen. Du weißt ja eh net, wo die ihre Praxis hat.«

Wir stehen zu acht am Pool und schauen auf den toten Körper, der noch immer im Wasser treibt.

»Ja«, sagt Frau Reinhardt und nickt betroffen. »Der ist tot.«

Okay. Für diese Expertise hätten wir die Schiffsärztin nun nicht holen müssen.

»Können … wir … ihn … jetzt … nicht … endlich … rausholen … Mir … ist … so … kalt«, zittert Tim immer noch tropfend vor sich hin und seine Zähne klappern lautstark aufeinander.

Mein Vater – wieder ganz praktisch veranlagt – schnappt sich die an der Seite befestigte Rettungsstange und stochert damit etwas unbeholfen auf dem Toten herum, so dass der Körper immer wieder unter die Wasseroberfläche gedrückt wird und absurd hoch und runter schaukelt, sich aber nicht wirklich an den Rand bewegt. Tobi eilt meinem Vater zu Hilfe und irgendwie schaffen sie es mit vereinten Kräften, den Toten mit der Stange an den Beckenrand zu manövrieren, herauszuziehen und umzudrehen.

»Ach herrjemine!«, ruft meine Mutter aus.

»Ist das nicht Chantalle Shy?«

Alle Blicke richten sich auf meine Mutter.

»Wer?«, fragt der Kommissar ungläubig.

»Chantalle Shy! Na, die eine … also der eine

… also jemand aus der Travestietruppe, die gestern Abend aufgetreten ist. Mir ham den später noch an der Bar getroffe. Aber in dem roten Paillettenfummel sah sie … also er … irgendwie lebensfroher aus …«

Wir starren gemeinsam auf den Toten.

»Ja, stimmt. Das … ist … Daniel!«, findet Tim als erster seine Sprache wieder – sichtlich überrascht und immer noch fröstelnd.

»Sie kennen den Toten?«, fragt Kommissar Loch meinen schlotternden Exnachbarn, der aber vor Kälte nichts sagen kann, so dass ihm sein Partner zur Seite springen muss.

»Ja«, sagt Tobi. »Wir kennen ihn. Es ist unser Nachbar Daniel Kaiser. Wir haben ihn gestern Abend schon in der Travestie-Show gesehen, waren uns aber nicht sicher, ob er es wirklich ist, da Daniel eigentlich eine Hete ist und sonst nie in Frauenkleidern rumläuft. Er wohnt mit seiner Frau in unserem Haus.«

»Was ist eine Hete?«, will mein Vater wissen, worauf meine Mutter ihm etwas ins Ohr flüstert und mein Vater große Augen bekommt. Ich glaube, jetzt hat er es ebenfalls verstanden.

»Auch heute Nacht hat er offensichtlich nicht sein Bühnenoutfit anbehalten«, ergänzt der Kommissar mit einem Blick auf den Toten, der immer noch voll bekleidet in Jeans und Herrenhemd vor uns liegt.

»Und Schwimmen wollte er wohl auch nicht«, mutmaßt der Ermittler weiter.

»Was macht er dann um diese Zeit am Pool?

Da stimmt doch etwas nicht …«, spreche ich die für mich naheliegende Frage aus. Nicht für den Kommissar.

»Frau Sommer! Das ist reine Spekulation. Es kann sich ebenso gut um einen Unfall handeln. Wahrscheinlich ist er ausgerutscht und unglücklich in den Pool gefallen. Solange wir keine Autopsie vorgenommen haben, können wir nicht von einem Verbrechen ausgehen.«

Er fährt, an die Schiffsärztin gerichtet, fort:

»Frau … Reinhardt war der Name, richtig?«

Die Ärztin lächelt den Kommissar verführerisch an.

»Richtig. Aber Sie können mich gerne auch Carola nennen!« Sie wirft ihm einen vielsagenden Blick zu.

Flirtet die etwa mit dem Kommissar? Am Beckenrand liegt ein Toter und die Tussi hat nichts Besseres zu tun, als den ermittelnden Polizisten anzuflirten? Ich habe noch kein Wort mit ihr gesprochen, aber die Reinhardt ist mir jetzt schon unsympathisch. Außerdem sieht sie morgens kurz vor sieben schon aus wie das blühende Leben! Perfektes Make-up, strahlende Augen. Und als ob das nicht genug wäre: Groß, schlank und Beine, die bis in den Himmel reichen und in einer engen Jeans mit Knackarsch-Booster stecken. Das weiße Crew-Polo-Shirt sitzt perfekt und man kann erahnen, dass sich darunter ein Playboy-Busen wölbt. Nein, ich mag sie nicht.

»Äh … gut, also, Carola, wäre es Ihnen

möglich, eine erste Untersuchung vorzunehmen, bevor wir den Toten einem Gerichtsmediziner überstellen können? Natürlich Ihr Einverständnis vorausgesetzt, Herr Kapitän Berggrün.«

Der Kapitän, der wohl bei seiner Berufswahl den Spruch »Nomen est omen« nicht berücksichtigen wollte, nickt und sagt:

»Aber natürlich, Herr Kommissar. Ich habe zwar hier das Hausrecht, aber ich würde mich freuen, wenn Sie sich der Sache – möglichst diskret – annehmen würden. Sie haben meine volle Unterstützung. Tun Sie, was Sie tun müssen. Ich hoffe, es belastet Ihren Urlaub nicht zu sehr, aber dafür finden wir sicher eine Lösung.«

»Eine Lösung?«, fragt meine Mutter nach. »Was denn für eine Lösung?«

»Nun ja.« Der Kapitän räuspert sich vielsagend. »Der Reederei ist sicher daran gelegen, einen Skandal zu vermeiden.«

Meine Mutter nickt wissend und sieht dem Kapitän direkt in die Augen: »Ich hoffe, Sie wollen nix vertuschen! Mir kenne schließlich jemand bei der Reisegesellschaft. Aber auf uns könne Sie sich natürlich verlassen, wenn Sie diesen Vorfall ordentlich aufklären!«

»Wir schweigen wir ein Grab«, pflichtet mein Vater meiner Mutter bei.

Der Kapitän schaut meine Eltern an und weiß wohl nicht so recht, wie er ihre Beteuerung zur Verschwiegenheit deuten soll. Dann sieht er etwas hilflos zu Kommissar Loch hinüber, der sich über der Leiche gebeugt hat, nun wieder aufsteht, und den Blick vom Kapitän auffängt.

»Ich helfe, wo ich kann«, sagt der Kommissar dienstbeflissen.

»Also, Carola, trauen Sie sich ... also du ... dir eine erste Untersuchung zu?«

»Aber natürlich, Herr ...«

»Loch. Sebastian. Also Sebastian Loch. Entschuldigung, ich hatte mich noch gar nicht richtig vorgestellt«, sagt der Kommissar erklärend und wird ein bisschen rot.

Das war ja klar, dass der direkt auf die abfährt. Männer sind doch alle gleich.

»Allerdings ist heute Schiffstag, Sebastian. Ich darf doch Sebastian sagen, oder?«

Der Kommissar nickt unbeholfen und man kann ihm ansehen, dass er von der ganzen Situation leicht überfordert ist.

Carola Reinhardt fährt fort: »Wir bringen ihn in meine Praxis und danach darf er im Kühlhaus reisen. Ich kenne den Toten übrigens auch. Er war gestern noch in meiner Praxis, um sich ein neues Nitrospray zu holen. Seines wurde offenbar während des Flugs beschädigt. Leider haben wir das entsprechende Medikament gerade nicht vorrätig. Ich hatte es bereits bestellt und es sollte im nächsten Hafen geliefert werden. Er hatte starke Herzprobleme – ich denke, soviel kann ich Ihnen trotz ärztlicher Schweigepflicht verraten. Gut möglich, dass es ein Herzinfarkt war. Das kommt ja immer mal vor. Ich werde mir die Leiche aber noch einmal genau anschauen, allerdings sind wir für eine komplette Autopsie nicht ausgerüstet. Aber ich denke, eine erste Diagnose kann ich stellen und wenigstens ein paar Todesursachen ausschließen. Erschossen wurde er jedenfalls nicht.«

Sie lächelt vielsagend und der Kommissar nickt beipflichtend.

»Also, der Mann ist tot und wurde nicht erschossen. Na, das hätte ich Ihnen auch sagen können«, motze ich den Kommissar an, der mich nun wieder wahrzunehmen scheint.

»Ich habe übrigens Schritte gehört, als ich aufs Deck gekommen bin«, schiebe ich schnell und wichtigtuerischer als ich wollte nach, und muss zugeben, dass es ein bisschen nach »Ätschibätsch« klingt.

»Aha«, brummt der Kommissar, der nicht so recht weiß, was er mit meiner Information anfangen soll und sagt dann: »Lassen Sie uns den Toten erst mal hinunterbringen, Frau Reinhardt.«

»Carola!«, insistiert die Ärztin erneut und lächelt wieder ihr zuckersüßes Lächeln. Mein Sympathieniveau für die Frau bewegt sich auf dem für eine Nacktschnecke. Hoffentlich bleibe ich während der Kreuzfahrt gesund. Von der Reinhardt will ich mich nicht behandeln lassen müssen.

»Wie ich bereits vermutet hatte: Wahrscheinlich ist er an einem Herzinfarkt gestorben. Ich konnte keine äußeren Einflüsse feststellen, die für ein Fremdverschulden sprechen würden. Eine Beule hatte er ebenfalls nicht am Kopf – er scheint also auch nicht unglücklich ausgerutscht zu sein. Natürlich muss noch eine weitgehende toxikologische Analyse durchgeführt werden. Die Tests auf die Standardgifte waren allerdings ebenfalls negativ.«

Die Schiffsärztin steht neben dem aufgebahrten Toten und zieht das Leichentuch wieder über sein Gesicht.

»Herzinfarkt würde zu den anderen Medikamenten passen, die ich in seiner Kabine gefunden habe«, bestätigt der Kommissar und verbessert sich mit einem Seitenblick auf meine Person: »Die wir gefunden haben, meine ich. Der Kapitän war so freundlich, uns in der Zwischenzeit einen Blick in die Kabine werfen zu lassen. Ich habe Frau Sommer als Zeugin dazu gebeten. Vier-Augen-Prinzip. Sie wissen schon.«

Carola Reinhardt wirft mir einen Blick zu, den ich nicht richtig deuten kann. Freundlich ist allerdings anders.

»Aha«, sagt sie und dann zum Kommissar gewandt: »Sie wissen, dass Sie auch über mich immer und jederzeit verfügen können, wenn Sie Unterstützung brauchen.«

Dabei streicht sie sich eine Haarsträhne aus dem Gesicht und sieht dem Kommissar für meinen Geschmack etwas zu tief in die Augen.

Ich kann mir das nicht länger ansehen und frage provozierend:

»Wenn ihn jemand ins Wasser gestoßen hätte, könnte das einen Infarkt auslösen?«

Carola Reinhardt wendet nur widerwillig ihren Blick von Sebastian Loch ab und mir zu.

»Nun ja. Das kommt darauf an, wie schwach und geschädigt das Herz bereits war.«

»Hatte er keine Notfallmedikamente bei sich?«, hake ich nach.

Sie zögert für einen winzigen Moment, bevor sie bestimmt sagt:

»Nein, nichts. Wie ich schon sagte: Sein Nitrospray, das bei einem akuten Herzinfarkt oder Angina pectoris-Anfall gefäßerweiternd wirken und somit das Herz kurzfristig entlasten würde, war unbrauchbar und ich hatte keins mehr in der Praxis. Ich muss unbedingt ein ernstes Wort mit meiner Sprechstundenhilfe reden. Wirklich ein tragischer Zufall, denn Herzpatienten haben in der Regel ihr Nitrospray immer bei sich – falls sie Schmerzen in der Brust spüren.«

Dann zuckt sie mit den Schultern.

»Vielleicht hatte er doch noch eins in seiner Kabine?«, hakt die Ärztin noch einmal nach.

»Nein, dort haben wir nichts gefunden. Nur eine offenbar leere Spraydose, die im Mülleimer lag. Nichts weiteres«, wendet der Kommissar ein.

Es entsteht eine kurze Pause.

Dann rüttle ich Sebastian Loch am Arm und sage: »Wir wollten doch noch in die Künstlergarderobe. Schließlich sollten die Kollegen von Daniel Kaiser vom Schicksal ihres Ensemblemitglieds erfahren, meinen Sie nicht?«

Die Schiffsärztin nickt zustimmend und sagt: »Ja, machen Sie das mal. Wenn ich Ihnen sonst bei allem gerne helfe: Darum reiße ich mich nicht.«

Sie wendet sich von uns ab. Die unangenehmen Dinge überlässt sie also lieber anderen. Soviel zum Thema Sie-können-immer-auf-mich-zählen.

Wir verabschieden uns. Die Schiffsärztin dreht sich kurz zu uns und wirft dem Kommissar noch einmal einen ausdrucksstarken Blick zu.

»Daniel ist tot? Er ist wirklich tot?«

Dem jungen Mann ist jede Farbe aus dem Gesicht gewichen.

Sebastian Loch und ich stehen etwas verloren in der Garderobe der Travestietruppe, die sich dort vollständig auf Bitten des Kommissars versammelt hat. An den Wänden hängen die bunten Kostüme samt Federkopfschmuck für die Show und glitzern fröhlich vor sich hin. Und dazwischen stehen drei gut aussehende, durchtrainierte, mehr oder weniger junge Männer in schicken Sport- und Freizeitklamotten. Ich seufze. Sollte Daniel Kaiser wirklich nicht schwul gewesen sein, war er in dieser Truppe offensichtlich der einzige Hetero – die hier anwesenden Männer sehen alle zu gut und gestylt aus, um nicht schwul zu sein.

Der junge Typ, der immer noch kreidebleich vor uns steht, scheint gleich umzufallen. Ich fasse ihn am Arm und merke, dass er am ganzen Körper zittert.

»Herr Loch! Stehen Sie nicht so rum! Helfen Sie mir mal. Ich glaube, der junge Mann muss sich setzen.«

Schnell eilt mir der Kommissar mit einem Stuhl zur Hilfe, den er dem Travestiekünstler unterschiebt; selbst froh, in der unangenehmen Situation etwas Praktisches tun zu können. Ich greife nach einem Plastikbecher, der auf dem Tisch steht, und schenke dem immer noch sichtlich indisponierten Jungspund etwas Wasser ein. Mit einem dankbaren Blick nimmt er es entgegen und nippt ein paar Schlucke.

»Entschuldigen Sie bitte«, sagt er schließlich, als er sich wieder etwas gefasst hat. »Es geht schon wieder. Aber ich kann es noch immer nicht glauben, dass Daniel tot sein soll.«

»Es tut mir sehr leid. Ich muss Ihnen allen trotzdem ein paar Fragen stellen, da die Todesursache noch nicht abschließend geklärt ist«, sagt der Kommissar trocken und an den vor ihm sitzenden, wieder etwas blasser gewordenen Mann gerichtet:

»Fangen wir mal mit den einfachen Dingen an. Wie heißen Sie?«

»Heidi Heart«, sagt der Angesprochene traurig und gedankenverloren.

Herr Loch hatte bereits angesetzt, sich den Namen auf seinem Notizblock zu notieren, hält aber irritiert inne.

»Heidi Heart?«, wiederholt er ungläubig.

»Ach, entschuldigen Sie, Herr Kommissar«, sagt Heidi Heart wieder gefasster und klappt das

Handgelenk theatralisch und mit einer weiblichen Bewegung auf 90 Grad ab.

»Im bürgerlichen Leben heiße ich Max Hollenhuber.«

»Ah hm ...«, nuschelt Herr Loch und notiert sich vorsorglich beide Namen.

Pflichtschuldig sagt Max alias Heidi:

»Geboren am 7 März 1993 in der schönsten Stadt der Welt!«

Und ergänzt mit einem Wimpernaufschlag, der der Monroe alle Ehre gemacht hätte: »Isch bin 'ne escht Kölsche Mädsche!«

Die Runde schmunzelt ob der nun leicht geröteten Wangen des Kommissars.

Und Max schiebt zum Schluss noch nach: »Ich bin zwar in der Truppe der Jüngste, aber – im Gegensatz zu Daniel – schon ein altes Showhäschen.«

Er schlägt seine langen, dünnen Beine damenhaft übereinander.

Herr Loch macht sich weitere Notizen und versucht, sich krampfhaft auf seinen Block zu konzentrieren. Schön zu sehen, dass zur Abwechslung mal der Kommissar die Gesichtsfarbe wechselt.

Das hier ist ein Paradebeispiel von Theorie und Praxis: Ich glaube nicht, dass Sebastian Loch homophob ist, aber wie bei den meisten heterosexuellen Männern ist er im Umgang mit Schwulen etwas unbeholfen. Als ob sie ihm direkt um den Hals fallen und ihn abknutschen wollen würden. Ich grinse in mich hinein und springe dem armen Kommissar zur Seite: »War Herr Kaiser also noch nicht so lange Teil eurer Truppe?«, frage ich in die Runde, woraufhin mir ein etwa Vierzigjähriger attraktiver Hüne mit Glatze und tiefer Stimme in schönstem Kölsch antwortet: »Ne, dat Daniel lüppt ees e paar Wooche met uns.«

Herr Loch hält wieder in seinen Notizen inne. Er hat den Inhalt des Kölschen Satzes wohl nicht verstanden. Ich sehe seinen fragenden Blick und sage erklärend: »Herr Kaiser war erst seit ein paar Wochen dabei.«

Der Kommissar nickt und notiert.

Und ein kleiner, drahtiger Mann ergänzt: »Ja, er kam auf uns zu und wollte unbedingt mitmachen. Ich war zunächst skeptisch, ob er zu uns passt. Denn, dass Daniel durch und durch 'ne Hete war, haben wir von Anfang an gemerkt. Aber er meinte, er wollte das schon immer mal ausprobieren und dann hab ich mir gesagt: ›Barbara!‹, sag ich: ›Barbara Beauty! Du hast auch nicht als Star angefangen. Er soll seine Chance bekommen.‹ Und ich muss zugeben: Er hat sich wirklich gut angestellt. Mit dem Tanzen hat er sich zunächst etwas schwergetan, aber seine Stimme klang leider echt gut.«

Barbara Beauty macht eine ausladende Bewegung, als würde sie den verstorbenen Kollegen auf der Bühne begrüßen.

»Leider?«, fragt der Kommissar hellhörig geworden.

Barbara Beauty weicht seinem Blick aus.

»Daniel kam bei den Leuten echt gut an«, klinkt sich Max alias Heidi ein, zieht dabei geräuschvoll die Nase hoch und tupft sich eine Träne aus dem Augenwinkel. »Und hat unserer lieben Babsi hier sogar ein bisschen die Show gestohlen.«

Barbara verdreht abfällig die Augen und macht eine wegwerfende Handbewegung. Dann sagt sie schnippisch: »Aber er hat die Aufmerksamkeit ja gar nicht richtig gewürdigt, denn seine Schüchternheit konnte er nie komplett ablegen – so kam er auch zu seinem Künstlernamen: Chantalle Shy. Es ist wirklich tragisch, dass uns jetzt einige Nummern wegfallen. Vielleicht wäre das hier unser ganz großer Durchbruch gewesen. Man weiß ja nie, ob nicht ein Theaterproduzent gerade auf dem Schiff seinen Urlaub verbringt.« Barbara Beauty seufzt noch einmal ziemlich übertrieben und ergänzt dann schnell: »Aber natürlich ist es viel schlimmer, dass das arme Ding tot ist. Natürlich.«

Barbara Beauty sieht etwas zu betroffen auf den Boden und dann prüfend auf ihre Fingernägel, als ob er gerade frisch aus dem Nagelstudio gekommen wäre.

Kommissar Loch nickt Wackel-Dackel-mäßig vor sich hin und schreibt weiter alles pflichtbewusst auf. Ich frage mich, ob man heutzutage in der Polizeiausbildung noch Stenokurse belegen muss.

»Jeez künne mi inpacke«, sagt der kölsche Riese und ich ertappe mich dabei, dass ich nicht abwarten kann zu erfahren, wie sein Künstlername lautet. Ich muss ihn einfach fragen:

»Wieso einpacken, Herr … Frau … also …?«

»Isch bin et Trude. Trude Dreamy. Eijentlich hees isch Bernd. Bernd Krause. Du musst wisse: Dat Trude is ming jroß Idol!«, erklärt er stolz und ich glaube auch, nein, ich bin mir sicher, dass Trude Herr – Gott hab sie selig – das gefallen hätte.

Inzwischen hat sich der/die junge Heidi Heart wieder komplett gefangen und erklärt: »In vier der zwölf Nummern hatte Daniel sogar schon eine tragende Rolle. Wo sollen wir nur so spontan einen Ersatz herbekommen? Wenn wir die Show nicht durchziehen können, kriegen wir von der Reederei nie wieder einen Auftrag!«

Dann schluchzt er noch einmal unvermittelt auf und sagt unter Tränen: »Wie sollen wir ihn nur ersetzen! Daniel! Oh Daniel! Ihn kann man nicht ersetzen!«

Er wirft sich wimmernd und mit einer gewissen Theatralik zur Seite und umarmt den Schoß der Zwei-Meter-Trude, die ihm mitleidig über den Kopf streichelt.

»Äh … ich glaube, ich bin fürs Erste im Bilde«, sagt der Kommissar und wendet sich zum Gehen.

»Sollte ich noch Fragen haben, weiß ich ja, wo ich Sie alle finde.«

»Wir stehen dir immer und für alles zur Verfügung, Schätzchen«, sagt Barbara Beauty, die sich noch als Elmar Hassler vorgestellt hatte, und lässt dabei die Wimpern klimpern.

Der Kommissar notiert sich dienstbeflissen noch alle bürgerlichen Namen der Künstler, bevor er aus der Garderobe tritt und tief durchatmet.

Ich schaue ihn amüsiert an.

»Damit können Sie wohl nichts anfangen. Singende Männer in Frauenkleidern sind Ihnen suspekt, was? Sie feiern sicher auch nicht Karneval, oder?«

Sebastian Loch schüttelt vehement den Kopf.

»Nein! Auf keinen Fall. Auch, wenn ich gestehen muss, dass ich unter der Dusche mal ein Liedchen anstimme und das – für meine Ohren – nicht so schlecht klingt. Verkleiden und auftreten? Das wäre nichts für mich. Da müssten Weihnachten und Ostern auf einen Tag fallen, bevor ich in diesem Leben sowas machen würde.«

Okzident meets Orient

Ich schiebe mir den Helm aus dem Gesicht, puste eine meiner roten Locken zur Seite und weiß immer noch nicht, was ich von dieser Aktion meiner Mutter halten soll. Offenbar hat sie sich in den Kopf gesetzt, alles an Rahmenprogramm auf diesem Schiff mitzunehmen, was angeboten wird. Heute Morgen steht deshalb für mich auf dem Programm: »Marrakesch mit dem Segway entdecken.« Ich schaue das Hightechgerät, das mich trotz futuristischer Technik stark an eine Sackkarre erinnert, skeptisch an. Ich hab es ja nicht so mit den Sportarten, für die der Gleichgewichtssinn benötigt wird. In einem berühmten Österreichischen Skiort wurde nach meinen erbärmlichen Versuchen, auf Brettern einen besseren Idiotenhügel runterzukommen, in meinem Freundeskreis dieses Hügelchen zum »Lissie-Sommer-Gedächtsnisberg« und damit zu einem geflügelten Wort sowie einer präzisen Ortsangabe. »Welche Piste nehmen wir nach der Mittagspause?« »Erst den Lissie-Sommer-Gedächtnisberg runter und dann die 12.«

Ich seufze, wenn ich an die vergangene Ski-Odyssee und an die kommende Stadtrundfahrt denke. Meine Mutter dagegen hat sich schon eines der rollenden Monster geschnappt, wippt dynamisch nach vorne und hinten, verlagert das Gewicht, dreht sich quasi auf der Stelle elegant einmal um die eigene Achse und strahlt mich an.

»Na, des hätteste von deiner alten Mutter auch net gedacht, dass die so was mitmacht!«

Ich muss zugeben, dass sie auf dem Ding wirklich eine gute Figur abgibt. Und auch die Versuche meines Vaters lassen darauf schließen, dass er in höchstens fünf Minuten das Teufelsteil im Griff hat. Dann werde ich das ja wohl ebenfalls schaffen!

Alex, unser Guide, der bereits die Schiffsführung geleitet hat, steht urplötzlich neben mir und grinst mich an.

»So, junge Frau. Sind wir startklar? Dann mal hopp, hopp den Popo auf den Flitzer!«

Hopp, hopp den Popo auf den Flitzer? Wenn ich bis jetzt noch zwiegespalten war, ob mir der Ausflug vielleicht doch Spaß machen könnte, ist mir jetzt jede Lust auf den Trip vergangen. Ich hasse es, wenn man mich rumkommandiert – das mache ich lieber selbst und mit anderen. Und noch mehr hasse ich es, wenn man mir sagt, was ich wie und wann zu tun und zu lassen habe. Erst recht nervt es mich, wenn ich im Urlaub bin. Und schon gar nicht hat mir ein Kreuzfahrtanimationsfritze zu sagen, wann ich meinen Allerwertesten aus meinem letzten Bisschen Komfortzone zu heben habe, die ich dank dieser Tour sowieso bereits fast gänzlich verlassen musste! Aber es hilft nichts – ich muss mich jetzt auf diesen Segway stellen. Mit heruntergezogenen Mundwinkeln und mehr als widerwillig steige ich auf das Teil, beuge mich dabei unabsichtlich vor, was zur Folge hat, dass das Fahrgerät direkt mit mir losschießt. Ich kann mich gerade noch festhalten und höre Alex hinter mir schreien:

»Hey, hey, hey! Die Frau gibt Gas! Wenn Sie bremsen wollen, einfach zurücklehnen.«

Ich lehne mich zurück. Der Segway bleibt stehen. Ich erschrecke mich von dem abrupten Anhalten, stütze mich wieder nach vorne. Das Ding gibt wieder Gas. Ängstlich kralle ich mich am Lenker fest. Die mobile Sackkarre stoppt erneut. Reflexartig mache ich wieder die Gegenbewegung. So geht es ungefähr zehnmal im Stop-and-go, immer geradeaus. An Lenken ist noch nicht zu denken. Dafür ist mir von dem dauernden Vor und Zurück schon ganz flau im Magen. Hätte ich aber auch gewusst, was heute Morgen auf mich zukommt, hätte ich entweder den Pfannkuchen oder das Rührei weggelassen. Da das Ei bereits beginnt, mit mir zu sprechen, und ich Angst habe, dass wir zwei gleich eine lebhafte Unterhaltung führen müssen, konzentriere ich mich jetzt ganz auf die Technik. Das muss doch hinzukriegen sein!

Nach weiteren zehn Minuten schaffe ich es, wenn auch etwas wacklig, zu meiner Gruppe zurückzurollen, die schon etwas genervt auf mich wartet. Meine Eltern haben sich direkt hinter Alex eingereiht, der nun sofort losfährt und uns noch einmal zuruft: »Und nicht vergessen! Falls wir uns verlieren sollten: Um sechzehn Uhr geht der Bus zurück zum Schiff! Wer später kommt, wird kalt ausgeschifft. Das Schiff wartet nicht!«

Alle lachen. Ich nicht. Ich muss mich erst einmal sammeln. Aber nein, eine kurze Pause ist mir nicht vergönnt. Ich muss mit. Als Letzte mit einem kleinen Abstand, aber noch in Sichtweite, rolle ich der Truppe hinterher. Alex erklärt bereits etwas, von dem ich nichts mitbekomme – ich bin leider nicht in Hörweite. Außerdem brauche ich noch einen Moment, um meinen Groll abzubauen und mich auf diese Tour einlassen zu können. Wenn ich den blöden Segway nicht in den Griff bekomme, laufe ich wirklich Gefahr »kalt ausgeschifft« zu werden, also am Hafen zurückzubleiben. Dann kann man sehen, wie man zur nächsten Etappe und damit wieder aufs Schiff und zu seinem Hab und Gut kommt. Keine schöne Vorstellung.

Als ich endlich denke, dass ich mich etwas eingegroovt habe, biegen wir um eine Ecke und ich sehe: Kopfsteinpflaster. Und noch bevor ich meinen Gedanken zu Ende denken kann, ob man darauf überhaupt mit den Segways fahren kann, holpere ich über den unebenen Straßenbelag. Schlagartig ist meine Laune wieder im Keller und ich lasse mich noch ein Stückchen mehr zurückfallen. Alex dreht sich um und hält suchend Ausschau – ich schätze, er guckt nach mir. Als er mich entdeckt hat, winkt er mich mit einer Hand auffordernd in seine Richtung herbei, aber ich hebe kurz abwehrend den Arm, quäle mir ein Lächeln ab und forme mit den Lippen ein »Alles ok! Fahrt ihr ruhig!«, womit sich Alex direkt zufrieden gibt, und sich wieder dem nicht abtrünnigen Teil seiner Gruppe zuwendet. Ich verpasse sowieso nichts, denn meine Mutter wird beim nächsten Essen noch einmal alle Infos detailliert zum besten geben.

Ich atme kräftig durch und öffne meine Augen endlich für die Häuser und Gassen, durch die wir gerade fahren. Wir sind in den Souks von Marrakesch angekommen und ich bin froh, dass heute nicht viel los zu sein scheint, sonst würde meine Segwayfahrt auch für meine Mitmenschen eine nicht zu unterschätzende Gefahr darstellen. Ich holpere durch die Gassen, an den bunten Marktständen vorbei. Es riecht nach all jenen Gewürzen, die man aus der orientalischen Küche kennt – Zimt, Kreuzkümmel, Anis. Dabei wetteifern die Farben der Pulver, Schoten und Bohnen mit den gefärbten Tüchern der Stoffhändler um die bunteste Kombination. Viele Verkäufer tragen noch die typisch einheimische Kleidung nebst Pantoffeln, obwohl mich auch hier das Gefühl beschleicht, dass selbst im Orient das Marketing-Know-how Einzug gehalten hat und ein Marktstandbesitzer heute ebenfalls weiß, was den Touristen die Geldbörse öffnet. Ich hopple an einer marokkanischen Metzgerei entlang und verlangsame meine Geschwindigkeit. Neben Keulen, die dank der Hufe noch als Hammelbeine zu erkennen sind, hängen und türmen sich mächtige Fleischstücke auf und sogar ein Ziegenkopf baumelt an einem groben Seil in der Sonne. Ich wundere mich, dass sich die Zahl der Fliegen, die über das rohe Fleisch surren, in Grenzen hält. Einige krabbeln aus den leeren Augenhöhlen des Ziegenkopfs. Ich finde es einerseits eklig, andererseits ist es wie mit einem schlimmen Unfall: Man kann nicht weggucken.

Als der Metzger gerade ein blutiges Beil

nimmt, um ein etwas größeres Ziegenbein in kleine Stücke zu hauen, reißt mich ein Stimmengewirr, das mir aber irgendwie bekannt vorkommt, aus meinem persönlichen Fleisch-Alptraum.

Ich stoppe den Segway und sehe mich um. Die Laute kommen offenbar aus einer Seitengasse. Ich lasse mich einen Meter zurückrollen und blicke in die kleine Straße.

Etwa fünfzehn Meter entfernt steht Max Hollenhuber alias Heidi Heart in der Gasse und diskutiert laut und wild gestikulierend mit zwei Männern. Einer von ihnen scheint ein Einheimischer zu sein, den anderen kann ich nicht erkennen, da er sich in einen Hauseingang gedrückt hat.

Ich höre, wie Max die beiden Männer anschreit: »Aber das ändert alles! Die werden sicher ermitteln und dann schnüffeln sie an Bord rum!«

Der Mann, den ich nicht sehen kann, entgegnet wohl etwas, aber ich kann es nicht hören. Dafür bin ich mit meiner Sackkarre zu weit entfernt.

»Du Ruhe bewahren! Können uns nix!«, schnauzt ihn der Marokkaner an. Max schüttelt ungläubig den Kopf und stützt die Hände in die Hüften.

In diesem Moment knattert ein altes Moped an mir vorbei und übertönt die nächsten Sätze, die gesprochen werden. Ich beuge mich etwas nach links Richtung Gasse, um mein Ohr ein wenig näher an die Gruppe heranzubringen. Woran ich in diesem Moment nicht denke, ist, dass der Hightechroller unter meinen Füßen auf jede meiner Bewegungen sofort reagiert. Mit einem lauten Surren setzt sich das Ding in Bewegung und ich drehe mich auf der Stelle im Kreis. Dabei entfährt mir ein lautes »Huch« und im gleichen Augenblick sehe ich, wie sich Max umdreht, mich sieht, etwas zu den beiden Männern sagt, sie sich offenbar eilig verabschieden und in alle Richtungen verschwinden. Der Marokkaner kommt mir entgegen, schlägt drei Haken und ist zwischen den Marktständen untergetaucht. Ich höre, wie eine Tür ins Schloss fällt – das muss der unsichtbare Typ gewesen sein. Den Einzigen, den ich noch sehen kann, ist der junge Max, der nun schnellen Schrittes die immer enger werdende Gasse hinuntereilt. Kurz bevor ich einen Drehwurm bekomme, habe ich den Segway wieder im Griff und fahre Max hinterher. Was hat er gesagt? Ermitteln? Rumschnüffeln? Das kann nur was mit dem Toten im Pool zu tun haben. Ich muss wissen, was er damit gemeint hat. Ich lehne mich etwas weiter nach vorne, um meine Geschwindigkeit zu erhöhen, was bei den verwinkelten Gässchen und dem Kopfsteinpflaster gar nicht so einfach ist. Konzentriert richte ich meinen Blick nach vorne, spanne meinen ganzen Körper an, beuge mich in bester Rennfahrerhaltung vor (wie ich mir die eines Segway-Rennfahrers vorstelle), nehme eine besonders unebene Stelle im Kopfsteinpflaster, und beiße mir dabei volle Granate auf die Lippe. Ich fluche laut und habe direkt den metallischen Geschmack von Blut im

Mund. Es brennt höllisch, aber ich presse meine Lippen aufeinander und fahre weiter. Max biegt links um eine Ecke. Durch die schmerzhaften Auswirkungen meines unbeabsichtigten Selbstverletzungsdrangs konnte er seinen Vorsprung halten. Ich beuge mich noch etwas weiter nach vorne und sehe vermutlich aus wie der Road Runner aus dem Comic, der – dank seiner Schnelligkeit – immer nur als dicke Staubwolke gezeichnet wird. Die Gassen werden immer enger und verwinkelter, ab und zu öffnen sich ein paar gedrungene Innenhöfe mit kleineren Marktständen, an denen ich vorbeirausche, ohne sie zu beachten. Max biegt jetzt schnellen Schrittes nach rechts ab. Noch mal rechts und wieder links. Aber gleich habe ich ihn eingeholt. Ich fahre um die Ecke. Und pralle fast gegen einen durchtrainierten jungen Mann. Er blickt erschrocken auf und fährt mich an:

»Können Sie nicht aufpassen! Typisch Schiffstouristen! Mit dem Segway durch die Altstadt von Marrakesch! Zu faul zum Laufen! Ist klar!«

»Entschuldigung. Das war keine Absicht«, stottere ich. Dann sehe ich mir den Typen noch einmal genauer an.

»Kennen wir uns nicht? Sind Sie nicht … also … Barbara?«

Er sieht mich überrascht und ein wenig kritisch an.

»Ja, ich bin Barbara Beauty. Also eigentlich Elmar.«

Er hält kurz inne.

»Ach, sieh an. Du bist doch die neugierige Kleine, die mit dem Kommissar bei uns in der Kabine war. Hast du deine Touri-Truppe verloren?«

»Ja, also … Ich wollte eigentlich … Ich wollte eigentlich Max etwas fragen. Er muss gerade an dir vorbeigekommen sein.«

Er sieht mich mit einem ergründbaren Blick an.

»Ich habe Max nicht gesehen«, sagt er barsch und setzt fragend nach: »Was willst du denn von Max? Spielst du Detektivin, oder was? Lass uns bloß in Ruhe. Wir haben mit Daniels Tod nichts zu tun.«

Bevor ich noch etwas sagen kann, stiefelt er grußlos davon und lässt mich stehen.

Drei Gassen liegen vor mir, die von einer kleinen Kreuzung abbiegen. Aufgrund der verwinkelten Bauweise der Häuser kann man sie kaum einsehen. Von Max keine Spur und unmöglich zu entscheiden, welchen Weg er genommen haben könnte.

Erst jetzt stelle ich fest, dass ich überhaupt nicht mehr weiß, wo ich eigentlich bin und komplett die Orientierung verloren habe. Alle Häuser und Gassen sehen gleich aus. Und Barbara Beauty, die ich fragen könnte, ist auch schon außer Sichtweite. Und ob sie mir Auskunft gegeben hätte, bezweifle ich nach dieser abweisenden Unterhaltung.

Ich versuche, erst einmal den Weg zurück zu der größeren Straße zu finden, aber ich verirre mich immer weiter im verzweigten Straßengeflecht. Und ich erinnere mich dunkel daran, schon einmal gelesen zu haben, dass man sich in den Souks von Marrakesch prächtig verlaufen kann. Mir wird ein bisschen mulmig, aber dann nehme ich meinen ganzen Mut und Verstand zusammen, trinke einen Schluck aus meiner Wasserflasche und beschließe, möglichst immer in eine Richtung zu fahren – irgendwo muss ja auch dieser Souk eine Ende haben. Da es quasi Mittag ist und die Sonne fast senkrecht über der Stadt steht, ist sie mir als Orientierungspunkt leider keine große Hilfe. Halb rechts, geradeaus, halb links, geradeaus, rechts … so holpere ich durch Marrakesch und komme mir bei jedem Einheimischen, der mit hochgezogener Braue überrascht aus seiner Tür an mir herauf schaut, reichlich bescheuert vor. Memo an mich: Keine Alleingänge mehr mit Segways! Schließlich erreiche ich eine größere Straße mit Ständen, deren Besitzer so aussehen, als könnte ich sie auf Englisch nach dem Weg zurück zum Busbahnhof fragen, von dem wir gestartet sind. Erleichtert steige ich von meinem Höllengerät und will gerade auf den ersten Marokkaner zugehen, als dieser mit schnellem Schritt aus seinem Laden heraustritt, die Stangen des Sonnensegels, das eben noch sein reichhaltiges Obstsortiment beschirmt hat, einklappt, die Auslegeware geschwind in seinen Laden rollt und mit dem Tuch quasi die Schotten dicht macht. So schnell kann ich gar nicht gucken, wie es ihm seine Nachbarn gleichtun. Innerhalb von fünf Minuten liegt die kleine Straße wie ausgestorben vor mir, alle Menschen sind weg und die Läden dicht. Da höre ich von Weitem den Muezzin zum Mittagsgebet rufen. Ach ja richtig, daran hatte ich gar nicht mehr gedacht. Mittagspause. Ich seufze und versuche es weiter auf eigene Faust. Mir bleibt ja keine Wahl.

Um 15.55 Uhr komme ich ächzend und keuchend an unserem Sammelpunkt an. Als ich endlich aus dem Souk herausgefunden habe und mir die Straßen wieder bekannt vorkamen, hat die Batterie des Segways nach und nach ihren Geist aufgegeben – die letzten fünfhundert Meter musste ich den erlahmten Zentner Hightech dann gänzlich hinter mir her zerren. Entnervt knalle ich den Segway jetzt Alex vor die Brust. Er sieht mich verständnislos an, sagt aber lieber nichts.

Meine Eltern sitzen im Schatten eines kleinen Cafés neben dem Busbahnhof und schauen mich fragend an, als ich abgekämpft zu ihnen an den Tisch trete.

»Ei, wo warste dann? Fünf Minuten später und wir wäre ohne dich fott. Dann hätte sie dich kalt ausgeschifft.«

Meine Mutter kichert und ich ahne, dass es an diesem Tag nicht nur Wasser als Erfrischung gab.

Ohne etwas zu antworten, nehme ich die halbvolle Flasche Wasser, die noch vor meinen Eltern auf dem Tisch steht, setze sie an und trinke sie in einem Zug leer.

Mein Vater sieht mich fasziniert an und zitiert dann trocken den alten Schlager:

»Durst ist schlimmer als Heimweh.«

In den kuscheligen Schiffsbademantel gehüllt, betrete ich den Saunabereich. Das Segway-Desaster hat mich geschafft und mein Körper schreit nach einer Erholung vor dem Abendessen. Dampfbad, finnische Sauna, türkisches Bad – ganz egal, in welchen Wellnesstempel es mich gleich verschlagen wird: Die Entspannung hab ich mir redlich verdient.

Ich will schon meinen Bademantel an einen Haken vor der finnischen Sauna hängen, als ich noch einen kurzen Blick durch das kleine Glasfenster der Eingangstür werfe. Meine Augen bleiben an einem durchtrainierten Männerkörper hängen. Nicht zu muskulös, aber sportlich. Insgesamt drahtig, aber nicht zu dünn. Haare auf der Brust, aber kein Fell. Der sieht aber gut aus. Das Objekt meiner Begierde dreht den Kopf ein wenig mehr ins Profil und schlagartig erkenne ich ihn: Kommissar Loch.

»Ach du heilige Scheiße!«, entgleitet es meinen Lippen lauter, als ich es beabsichtigt hatte, und eine Dame im Alter meiner Mutter quittiert meine Äußerung spontan mit einem herablassenden Blick, bevor sie die Tür zur Sauna öffnet. Ich weiche zurück. Wie ein Schwerverbrecher oder zumindest ein billiger Abklatsch von Bridget Jones drücke ich mich zwischen ein paar aufgehängte Bademäntel und hoffe, dass mich Herr Loch nicht gesehen hat.

Ich weiß, dass das albern ist, aber gerade hier und jetzt dem Kommissar nackt zu begegnen – das überfordert mich. Dann wird es eben nicht die finnische Sauna, sondern doch das türkische Dampfbad zur Entspannung. Ich drücke mich noch ein paar Schritte an der Wand entlang, bis ich am hinteren Ende der Saunalandschaft und kurz vor der komplett beschlagenen Tür des Dampfbades stehe.

»Ein Badetuch?« Ein Marokkaner – Mitglied des Wellnessteams – lächelt mich freundlich an und streckt mir ein flauschiges Handtuch entgegen. Ich betrachte ihn genauer. Mir bleibt kurz der Mund offen stehen. Es ist niemand anderer als der Typ, mit dem sich der junge Max heute Nachmittag im Souk gestritten hat.

»Da … Danke. Äh, ja, danke«, stottere ich perplex vor mich hin und nehme ihm das Handtuch ab. Was macht der denn hier?

Im Gegensatz zu heute Morgen sieht er jetzt sehr sympathisch aus mit seinem strahlenden Lächeln zwischen einem gepflegten Dreitagebart, schwarzen Haaren und in der maritimen, weiß-blauen Wellnessteam-Kluft. Er lächelt mich noch einmal an, nickt mir zu und trollt sich. Ob er mich ebenfalls erkannt hat? Ich glaube nicht.

Endlich wandert mein Bademantel an einen Haken. Ich betrete die Kabine, in der dichter, duftender Wassernebel durch die Luft wabert, und lasse mich auf einen der warmen Steinsessel gleiten. Erst mal durchatmen.

Zwei Dampfbad-Durchgänge später fühle ich

mich erschöpft, aber wunderbar. Jetzt noch ein kurzes Nickerchen vor dem Abendessen und ich bin wieder ganz die Alte. Die Saunalandschaft hat sich schon merklich geleert, als ich das dritte Mal das Dampfbad betreten habe, in der Kabine bin ich sogar ganz allein. Offenbar haben alle großen Hunger aufs Abendessen. Und ich jetzt auch, wenn ich so darüber nachdenke. Und Durst! Insgesamt habe ich heute sicher viel zu wenig getrunken – das bisschen Wasser in der Hitze von Marrakesch und nur ein paar Schlucke zwischen den Saunagängen. Jetzt ein alkoholfreies Hefeweizen, um meinen vernachlässigten Elektrolythaushalt aufzubessern. Dafür könnte ich sterben! Ich schnappe mir in freudiger Erwartung an das kühle Getränk mein Handtuch und will das Bad verlassen. Wohlig erschöpft lasse ich mich gegen die Tür fallen, aber die bewegt sich keinen Zentimeter. Ich drücke etwas fester, aber weiterhin öffnet sie sich keinen Spalt. Jetzt rüttle ich etwas mehr. Immer noch nichts. Die Tür ist fest verschlossen und das Dampfbad somit mein Gefängnis.

»Hallo? Ist da jemand? Die Tür geht nicht auf!«, schreie ich die Holztür an und hämmere mit den Fäusten dagegen. Aber es rührt sich nichts und niemand. Ich bollere noch einmal mit meinen Händen und aller Kraft gegen die Tür, rüttle am Holzgriff. Nichts. Kalte Angst kriecht meinen Hals hoch. Mir ist heiß, ich habe Durst, in der Kabine wird es immer nebliger. Warum wird der Nebel denn jetzt weiß? Und immer dichter. Warum …?

Als ich die Augen wieder öffne, hat sich der Nebel gelichtet, dafür haben sich drei männliche Gesichter in mein Blickfeld geschoben. Sebastian Loch, mein Exfreund Charly und der Marokkaner hocken über mich gebeugt und sehen mich sorgenvoll an. Ich brauche einen Augenblick, bis ich realisiere, wo ich mich befinde. Ich bin noch immer im Dampfbad und liege auf dem Boden. Ich erinnere mich, dass mir gerade noch ziemlich warm war, aber jetzt fröstle ich etwas. Irgendwie fühlt sich meine komplette Hautoberfläche gleich kühl an. Kein Wunder, denn: Ich bin ja immer noch splitterfasernackt! Bei dem Gedanken wird mir urplötzlich wieder warm. Ich schiele vorsichtig an mir herunter. Tatsache. Ich liege hier wirklich nackt auf dem Saunaboden, über mir der attraktive Kommissar im Bademantel, mein vorbestrafter Exfreund und ein mutmaßlich kriminelles Crew-Mitglied marokkanischer Herkunft. Alle haben sie eins gemeinsam: Sie sind angezogen und ich bin immer noch so, wie mich der liebe Gott geschaffen hat. Kann es noch schlimmer kommen? Ich wünsche mir, augenblicklich wieder ohnmächtig zu werden.

»Sie verdreht etwas die Augen, aber bekommt wieder Farbe ins Gesicht. Und da sie gerade was von Hefeweizen gefaselt hat, scheint sie wieder auf dem Weg der Besserung zu sein«, sagt Charly und klopft mir zur Sicherheit nicht gerade zärtlich gegen die Wange, die unter seiner Hand willenlos hin- und herwabbelt – meine Wange ist, anders als ich, noch immer tiefenentspannt. Ich verziehe das Gesicht.

»Aber ihre Lippe blutet«, höre ich den Kommissar sagen. Im Gegensatz zu Charly klingt er wirklich um mich besorgt.

»Das kommt nicht davon, dass sie umgefallen ist. Eher von diesem neumodischen Kram..«

Sebastian Loch beugt sich noch etwas weiter über mein Gesicht. Er sieht noch besser aus, wenn er diesen fürsorglichen Ausdruck in den Augen hat.

»Was ... was machen Sie denn hier?«, raune ich ihm entgegen.

»Ich hatte mein Duschgel vergessen, das ich hier drin abgestellt habe, als ich das Dampfbad ausprobierte. Aber die finnische Sauna liegt mir mehr.«

Er lächelt mich an.

»Ich glaube, mir auch«, hauche ich.

»Als ich die Tür aufgemacht habe, lagen sie auf dem Boden«, erklärt der Kommissar.

»Aber die Tür ... die war doch verschlossen. Haben Sie mich eingeschlossen?«

Herr Loch sieht mich mit einer Mischung aus Erstaunen und Unglauben an.

»Nein. Warum sollte ich? Und die Tür ließ sich auch ganz normal öffnen.«

Charly erhebt sich.

»Ich glaube, wir können sie jetzt auf die Beine stellen.«

Ich bin soweit wieder bei mir, dass allein die Vorstellung, drei Männer könnten mich nackt vom Boden hochziehen, neue Lebensgeister in mir weckt.

»Geht schon, geht schon«, stammle ich und bleibe steif liegen. Wenn man liegt, kann schließlich nichts hängen.

»Wenn mir jemand meinen Bademantel reichen könnte, bitte. Dann komme ich allein klar.«

»Ein Badetuch?«

Der Marokkaner hält mir mit der gleichen Geste wie vorhin lächelnd ein Handtuch entgegen. Ich nehme es ihm dankbar ab, um es erst einmal über meinen Körper zu werfen. Aber ich werde das Gefühl nicht los, dass ich dieses Mal eine Spur von Schadenfreude in seinem Lächeln erkennen kann.

»Ich kann es immer noch nicht fassen, dass du nackt vor der Polizistenschnitte lagst!«

Tobi kichert, hält mir sein Weißweinglas zum Anstoßen entgegen. Ich proste ihm zu und nehme einen großen Schluck von meinem Rosé.

Tim schaut mich kritisch an: »Kindchen! Auch, wenn du jetzt Kneipenwirtin bist, musst du nicht die Weltmeisterschaft im Wein-Runterkippen gewinnen. So schlimm kannst du nackt gar nicht ausgesehen haben! Also genieß doch lieber den guten Tropfen!«

Ich stelle schnell mein Weinglas ab, obwohl ich immer noch Durst habe, und greife stattdessen zum Wasser. Wein als Durstlöscher – da hat Tim recht: Das ist wirklich keine gute Idee. Und zugegebenermaßen spüre ich schon, wie mir der Alkohol in den Kopf steigt. Gut, dass meine Mutter das nicht mitkriegt, sonst hätte ich mir schon den einen oder anderen tadelnden Blick eingefangen. Aber meine Eltern wurden heute Abend spontan von Kapitän Berggrün an den Offizierstisch gebeten. Was mich einigermaßen verwundert hat, denn ich habe vor der Reise gelesen, dass das eigentlich den Passagieren vorbehalten ist, die eine Suite gebucht haben.

Die Kellner kommen und setzen die Vorspeise vor uns ab. Passend zu unserem heutigen Etappenziel gibt es ein marokkanisches Menü, das mit einer Variation von Möhren- und Bulgursalat beginnt.

»Immerhin habe ich den Loch durch das Fenster der finnischen Sauna auch nackt gesehen! Und du hast völlig recht! Er ist 'ne Schnitte!«, sage ich kauend.

»Das hätte ich dir auch so sagen können! Sowas sieht man doch – auch mit Klamotten! Der trägt doch höchstens 'ne 50 oder vielleicht sogar 'ne 98!«, konstatiert Tim, während er etwas Bulgursalat von seinem Teller kratzt.

»98?«, frage ich verwundert.

»Kindchen, das ist eine Langgröße. Für schlanke Männer, die etwas größer sind!«

Wieder ein Fall von Röntgenblick bei Schwulen. Mir wäre nicht so ohne Weiteres aufgefallen, dass sich unter Jeans und Hemd des Kommissars so ein prächtiger Körper verbirgt, geschweige denn, in welcher Konfektionsgröße er steckt. Durchtrainiert – ja, so wirkt er. Aber dass er nackt dermaßen gut aussieht. Gedankenverloren trinke ich wieder einen Schluck Wein.

»Sieht denn … alles … an ihm gut aus?«, fragt mich Tobi mit einem Grinsen im Gesicht, das von einem Ohr zum anderen reicht.

Ich verschlucke mich, werfe ihm einen strafenden Blick zu und trinke rasch mein Glas leer, um nicht mehr Husten zu müssen.

»So genau habe ich nun auch wieder nicht hingesehen!«, sage ich tadelnd zu Tobi und ärgere mich gleichzeitig über mich selbst, dass ich wirklich nicht so genau hingesehen habe und ich nicht beurteilen kann, ob er da auch 'ne Langgröße braucht.

Ich kichere.

Einer der sehr dienstbeflissenen Kellner schenkt mir Rosé nach, bevor der Hauptgang serviert wird, dann trägt ein anderer ein riesiges Tablett herein. Tim beugt sich schnell zu mir und erklärt:

»Ich habe uns was ganz Besonders als Hauptgang bestellt! Wir haben mittags ein bisschen mit dem Küchenchef gequatscht und da erzählte er uns, dass er heute – nur auf Vorbestellung – eine marokkanische Spezialität auftischen kann! Und ich weiß ja, dass du dich nicht wie ein Mädchen anstellst, und alles mal probierst!«

Er nickt bedeutungsvoll und der Kellner stellt das Tablett in die Mitte des Tischs. Darauf liegen große, geschmorte Fleischteile eingebettet in einem Berg Couscous. Und in der Mitte prangt ein ganzer Ziegenkopf.

»Marokkanisches Ziegen-Tajine mit Zimt, getrockneten Früchten und Nüssen. Eine echte Spezialität! Besser bekommen Sie es auch nicht in den Souks von Marrakesch«, kommentiert der Oberkellner zufrieden.

Unwillkürlich muss ich an den Metzgerstand von heute Morgen denken, und der Ziegenkopf mit den Fliegen erscheint wieder vor meinem geistigen Auge. Sonst bin ich wirklich nicht so empfindlich – weder ein Eisbein, noch ein Rippchen oder ein ganzer Fisch kann mich schocken, aber nach dem Anblick heute ist mir der Appetit auf typisch marokkanische Spezialitäten vergangen. Das erste Mal kann ich meine Freundin Doris verstehen, die jetzt kommentieren würde: »Das kann ich nicht essen. Das ist mir zu nah am Tier.« Mir auch. Ich schlucke und lege mein Besteck zur Seite. Mit einem Schulterzucken, das so viel sagen will wie »Frauen! Ich hab es doch gleich gewusst, dass die das nicht isst!«, trollt sich der Oberkellner von dannen und lässt uns mit dem halben Tier auf dem Tisch alleine.

»Jetzt sag nicht, dass du das nicht wenigstens probierst!«, echauffiert sich Tim, beruhigt sich aber sofort wieder, als er mein kalkweißes Gesicht sieht.

»Ich glaube, die ganze Aufregung heute ist mir auf den Magen geschlagen. Ich hab gerade gar keinen Hunger mehr.«

Stattdessen greife ich wieder zum Weinglas. Der Rosé muss mich heute retten.

Als Zimtpudding und Rosensorbet serviert werden, ist zwar mein Appetit zurückgekehrt, aber das Dessert kommt zu spät, um noch etwas gegen meinen ordentlichen Schwips ausrichten zu können. Und so betreten Tim, Tobi und ich wenig später in bester Partylaune die Disco. Auch heute steppt hier nicht gerade der Bär, so dass man sich ziemlich schnell einen Überblick verschaffen kann, wer ebenfalls noch Lust auf ein Tänzchen hat oder einfach keine Lust schon ins Bett zu gehen.

An der Theke entdecke ich zu meiner Freude Sebastian Loch – allerdings steht er dort in Begleitung einer scharfen Blondine. Beim zweiten Hinsehen entpuppt sich das Superweib als Carola Reinhardt – die Schiffsärztin. Ihr wohlgeformter Körper steckt in einem waffenscheinpflichtigen Minikleid, dazu trägt sie Zehn-Zentimeter-Stilettos. Bis eben habe ich mich in meiner Röhrenjeans mit dem lässigen, aber schicken schwarzen Glitzertop und den Ankle Boots als perfekt gestylt empfunden. Jetzt bin ich mir nicht mehr so sicher.

»Du siehst super aus!«, raunt mir Tobi ins Ohr und ich könnte ihn dafür knutschen, weil er immer genau weiß, was Frauen wann hören müssen. Warum dieses Gen bei Hetero-Männern fehlt, habe ich bis heute nicht verstanden.

»Ahhh da ist ja mein Lebensredder!«, begrüße ich den Kommissar. Ups. Ich fürchte, ich lalle schon ein wenig. Und ganz trittsicher bin ich wohl auch nicht mehr. Ich halte mich lieber mal an Herrn Loch fest.

Spontan lege ich den Arm um den Kommissar. Hach, der ist wirklich süß.

»Sie sind wirklich süüüüüß!«, sage ich beseelt, himmle ihn an und drücke ihm, einer Eingebung folgend, einen Schmatzer auf die Wange.

Herr Loch lächelt bescheiden und wohl auch ein wenig amüsiert ob meines Gemütszustandes.

Die Reinhardt nippt mit zusammengekniffenen Lippen an ihrem Sekt. Ich verziehe meine Augen zu schmalen Schlitzen, fixiere sie und sage zu ihr:

»Hör'n Sie! Wenn Sie so die Lipp'n zusamm'npressen, gieb das Falden – sagt meine Mudda!«

Augenblicklich versucht sie ihr Gesicht zu entknittern, aber es gelingt ihr nicht so richtig.

»Wollen Sie noch was trinken?«, fragt der Kommissar zur Ärztin gewandt und bevor sie antworten kann, sage ich:

»Türlich!«

Tim und Tobi stehen jetzt neben uns und Tim drückt mir ein Glas Wasser in die Hand. Ich ziehe fragend eine Augenbraue hoch.

»Trink mal ein Zwi-Wa, Schatzi!«, sagt er streng und ich wage nicht zu widersprechen.

»Ein Zwi-Wa?«, fragt der Kommissar.

Tim, Tobi und ich antworten synchron:

»Ein Zwischenwasser!«

Das verwirrte Gesicht des Kommissars ist einfach zu köstlich!

»Ihr Gesichd is einfach zu kööösdlich«, sage ich laut und dabei entfährt mir ein kleiner Hickser. Ich trinke schnell ein paar Schlucke Wasser, um den aufkommenden Schluckauf zu unterdrücken, aber es ist schon zu spät. Ich hickse lautstark vor mich hin.

»Na, das klingt aber nach mehr als einem Hefeweizen!«

Charly hat sich zu uns gesellt und grinst mich breit an.

Sein muskulöser Körper steckt in einer löchrigen Jeans, wie es gerade angesagt ist. Darüber trägt er ein weit geschnittenes Hemd, das einen Knopf zu weit geöffnet ist, so dass es zwar cool, aber auch ein bisschen prollig wirkt. Er strahlt genau das aus, auf das die meisten Frauen fliegen: Ein Macho, der einem das Herz brechen wird.

Ich grinse ihn ebenfalls an, was leider weniger cool ausfällt, da meine Mimik immer wieder von einem »Hicks« unterbrochen wird.

Charly wirft einen abfälligen Blick auf den Kommissar und die Schiffsärztin, den ich auch im angetrunkenen Zustand noch deuten kann: Diese Liaison passt meinem Fitness-Ex gar nicht.

Der DJ startet einen erneuten Versuch, ein paar der wenigen Feiernden auf die Tanzfläche zu bekommen und probiert es dieses Mal mit einem Stück für Pärchen und Verliebte. Tanzstil: Klammerblues.

»Dreams are my realityyyyy«, ertönt der »La

Boum«-Filmtitelsong aus den Lautsprechern, Tim und Tobi strahlen sich an, rufen: »Unser Lied!«, stürmen auf die Tanzfläche und beginnen – eng umschlungen – Blues zu tanzen.

»Willst du tanzen, Sebastian?«, höre ich Carola Reinhardt Herrn Loch auffordern.

Ganz Gentleman lehnt der Kommissar natürlich nicht ab und geleitet die Ärztin auf die Tanzfläche, die ihm direkt die Arme um den Hals schlingt.

Ich runzle die Stirn und hickse.

»Komm«, sagt Charly und zieht mich ebenfalls in die Mitte, legt seine Arme auf meine Hüften und meine um seinen Hals.

Noch nie war ich so dankbar für einen Schluckauf, der in diesem Moment jede Romantik im Keim erstickt.

Herr Loch versucht die Konversation mit seiner Tanzpartnerin aufrechtzuerhalten, die nur darauf wartet, dass seine Lippen ihren Dienst auf andere Weise tun.

Pff. Wenn er auf die abfährt, warum soll ich nicht auch ein bisschen flirten. Soll er bloß nicht glauben, ich würde ihm nachlaufen. Soll er doch glauben, dass ich auch andere haben kann.

Ich grinse Charly an.

»Charly. Ich gehe jetz' ins Bett. Komms' du mid?«

Ohne zu antworten, nimmt er mich an die Hand, wirft Carola Reinhardt noch einen kalten Blick zu und wir verlassen die Disco. Auch er will wohl die schöne Ärztin eifersüchtig machen, indem er sich eine andere angelt – in dem Fall mich.

Charly hakt mich unter, da ich wohl immer noch etwas wanke. Oder wankt das Schiff? Oder wanke ich in eine andere Richtung, als das Schiff wankt? Als wir vor meiner Kabine stehen, ist mir jedenfalls so schlecht, dass alles, was ich in meinem Anfall von Trunkenheit und Eifersucht mit Charly hätte anstellen können, in weite Ferne gerückt ist. Noch bevor Charly auch nur Anstalten machen kann, mit mir in meiner Kabine zu verschwinden, schiebe ich ihn zurück in den Gang, hauche ein »Danke!« und schließe die Tür.

Ich atme tief durch und höre den WhatsApp-Ton meines Handys. Erschöpft lasse ich mich aufs Bett fallen und greife nach meinem Smartphone. Scheinbar haben wir wieder Empfang. Die WhatsApp kommt von Micha.

»Ich vermisse dich!«, lese ich.

Ein tiefer Seufzer entfährt mir zeitgleich mit einem letzten lauten Hickser und ich brabble zu mir selbst:

»Nicht der auch noch ...«

There's no business like showbusiness

Unentschlossen stehe ich mit meinem Teller vor dem gigantischen Frühstücksbüfett und fühle mich komplett überfordert. Mein Magen knurrt – schließlich habe ich das Abendessen quasi ausgelassen –, aber mir ist immer noch ein bisschen schlecht. Süß oder herzhaft? Gesund oder fettig? Kalt oder warm? Ich kann mich nicht entscheiden. Schließlich lasse ich mir ein Omelette mit Speck und Zwiebeln braten, gönne mir einen frisch gepressten Orangensaft und schnappe mir eine Laugenstange.

Tim und Tobi haben bereits einen Fensterplatz ergattert und winken mir zu. Ich schlurfe in ihre Richtung und stelle beim Blick auf eine halbgefüllte dritte Kaffeetasse fest, dass offenbar noch jemand an dem Tisch sitzt, der sich aber wohl gerade am Büfett gütlich tut.

Ich sinke auf den freien Platz und lasse den mitleidigen Blick von meinen Freunden erst mal über mich ergehen. Ich schätze, es wird keine fünf Sekunden dauern, bevor der erste Kommentar zum letzten Abend kommt.

»Du hättest doch den Ziegenkopf probieren sollen. Der wäre eine gute Grundlage gewesen!«, tadelt mich Tim und das Omelette bleibt mir kurz im Hals stecken. Mir ist immer noch nicht wieder gut. Ich verziehe das Gesicht und versuche, die Bilder von dem gebratenen Tierkörper möglichst schnell aus meinem Hirn zu bekommen.

»Sie hätten doch bestimmt probiert!«, wendet sich Tim nun unserem vierten Tischnachbarn zu, der gerade zu uns getreten ist.

Herr Loch stellt zwei Teller auf den Tisch – einen mit Obst, den zweiten mit Müsli.

»Ziegenkopf? Da wäre ich mir nicht sicher!« Er lacht und setzt sich.

»Guten Morgen«, sagt er in meine Richtung und lächelt.

»Guten Morgen«, kaue ich zwischen meinem Omelette hervor und vermeide es, ihm in die Augen zu sehen.

»Hatten Sie noch einen schönen Abend mit Herrn Seifert?«, fragt er wie nebenbei, während er anfängt, seinen Obstberg zu vertilgen.

»Hm …«, nuschle ich in einem Tonfall, der genug Spielraum zur Deutung für ein Ja, Nein oder Vielleicht lässt.

»Und Sie? War's noch nett mit dem blonden Gift?«, entgegne ich, nippe an meinem Orangensaft und sehe ihm jetzt doch direkt in die Augen.

Er hält meinem Blick stand und sagt gleichermaßen vieldeutig:

»Hm …«

Bevor wir unsere etwas einsilbige Konversation fortsetzen können, rauscht meine Mutter an unseren Tisch heran, gefolgt von meinem Vater. Sie sehen aus, als wollten sie zu einer Bergtour in die Alpen aufbrechen. Mein Vater trägt eine seiner Knickerbocker, denen er schon seit den 80ern die Treue hält – inklusive der passenden Kniestrümpfe, die samt Beinen in seinen schweren Wanderschuhen stecken. Gleiches Schuhwerk hat auch meine Mutter an den Füßen. Dazu haben beide ein rot-kariertes Wanderhemd und einen Tirolerhut an – im Partnerlook. Ich überlege kurz, ob ich wohl doch noch betrunken bin und doppelt sehe. Die Gesichter meiner Tischnachbarn verraten mir allerdings, dass sich ihnen das gleiche Bild bietet wie mir.

»Wo wollt ihr denn hin?«, frage ich meine Eltern.

Meine Mutter zückt ein Prospekt und liest vor:

»Zu Fuß durch die Natur von Las Palmas entlang der legendären Caldera! Kapitän Berggrün war so nett, uns gestern Abend noch zu diesem Ausflug einzuladen. Des ist wirklich ein netter Mann, der Kapitän. Und so fürsorglich! Der fragt immer wieder, ob er noch was für uns tun kann. So einen aufmerksamen Service hätte ich gar nicht erwartet. Jedenfalls: Um zehn geht's los. So, wie du aussiehst, kommst du net mit, oder?«, fragt meine Mutter und sieht mich mit diesem Blick an, den nur Mütter drauf haben, und der einem sofort ein schlechtes Gewissen macht, ohne dass auch nur ein Wort nötig wäre.

»Las Palmas zu Fuß? Danke, da verzichte ich heute.«

»Nur wo du zu Fuß warst, bist du auch wirklich gewesen«, wirft mein Vater ein Zitat in die Runde.

Tim nickt und sagt trocken: »Goethe.«

Mein Vater strahlt. Es kommt nicht oft vor, dass seine Aussprüche den richtigen Zitatgebern zugeordnet werden.

»Ich wünsche euch viel Spaß, aber ich glaube, ich geh stattdessen nur von Bord, um mich ein bisschen an den Strand zu legen«, bekräftige ich meine Absage an die Wandertour meiner Eltern.

Meine Mutter rümpft fast unmerklich die Nase, dann wendet sie sich Tim und Tobi zu.

»Habt ihr schon gehört, dass eure Freunde wahrscheinlich früher abreisen müssen?«

Tim und Tobi sehen sich fragend an.

»Welche Freunde?«, fragt Tobi.

»Ei, die von der Transvestitenshow!«, erklärt meine Mutter.

»Mama!«, sage ich entrüstet. »Das sind Travestiekünstler! Transvestiten sind die, die auch im richtigen Leben als Frau rumlaufen.«

»Ach so?« Meine Mutter sieht sichtlich erstaunt aus.

»Is des net immer so bei euch Schwulen?«, fragt sie dann Tim und Tobi offen heraus.

Tim und Tobi wissen nicht so recht, was sie sagen sollen, Herr Loch grinst, ich schäme mich für meine Mama und werde mal wieder rot.

»Ne, Frau Sommer«, ergreift dann Tobi beherzt das Wort und erklärt meiner Mutter: »Sehen Sie: Wir laufen ja auch jetzt nicht in

Frauenkleidern rum.«

Meine Mutter mustert ihn, überlegt kurz und sagt dann: »Wenn ich so drüber nachdenke. Ja, da haste recht. Naja, jedenfalls tun mir die schon e bissi leid. Erst stirbt ihr Kollege und dann könne se dadurch so viele Nummern net mehr mache, dass die Show heute Abend abgesagt werden muss.«

Sie seufzt.

»Woher weißt du denn das alles schon wieder?«, frage ich sie mit einer Mischung aus Ver- und Bewunderung.

»Ei, das hat doch der Privatdetektiv Herr Schneider gestern beim Abendessen erzählt.«

»Saß der etwa auch am Kapitänstisch?«, hake ich misstrauisch nach.

»Ei, sicher. Der wohnt doch in so 'ner Suite!«

Kommissar Loch und ich sehen uns ungläubig an. Wie kann sich der Privatschnüffler so eine teure Reise leisten? Aber bevor wir die finanziellen Verhältnisse des Georg Schneider besprechen können, sagt meine Mutter: »Hattet ihr eigentlich auch das typisch marokkanische Menü mit dem Schafskopf?«

»Ziege«, verbessert sie Tim, aber meine Mutter schüttelt den Kopf.

»Nee, Schaf! Des hat mit der Oberkellner versichert, denn Ziege ess ich ja net.«

Ich frage mich, was an einem Schafskopf weniger eklig ist, als an einem Ziegenkopf, möchte das Thema aber eigentlich nicht weiter ausdiskutieren. Deshalb hake ich bei meiner

Mutter noch einmal wegen der eigentlich interessanten Information nach: »Und die Show wird wirklich abgesagt? Das wäre ja schade.«

»Naja. So gut wie. Wenn sie bis heute Mittag um zwölf keinen Ersatz haben, müssen sie heim.«

Meine Mutter schaut auf die Uhr.

»Ach herrje, es is ja schon Viertel vor zehn. Komm, Herbert, wir müsse uns beeile, damit wir noch vorne im Bus en Platz bekomme. Dann sehe mir schon bei der Busfahrt e bissi was von der Insel.«

Mit einem »Macht's gut« rauschen meine Eltern von dannen.

»Ja, wirklich schade«, nimmt der Kommissar das Thema noch einmal auf und sagt: »Ich hätte mir die Show heute Abend gerne angeschaut.«

»Sie können ja mitmachen«, murmle ich schelmisch über meinen letzten Rest Orangensaft in Richtung des Kommissars.

Tim und Tobi sehen erst mich, dann sich an und dann Sebastian Loch.

»Lissie! Das ist DIE Idee!«, ruft Tobi begeistert aus.

»Damit wäre die Truppe gerettet!«, ergänzt Tim mit hochroten Wangen, wie ich sie bei dem sonst eher rationalen Freund selten sehe.

»Von der Figur müsste das auch hinkommen«, setzt Tobi seinen Redefluss fort und mustert den Kommissar von oben bis unten.

»Das sollte doch zu machen sein! Wir helfen Ihnen auch!«

Jetzt dämmert Sebastian Loch, worauf meine Freunde hinauswollen, und er hebt abwehrend die Hände: »Oh nein! Auf keinen Fall! Schlagen Sie sich das direkt aus dem Kopf!«

»Aber Sie könnten sozusagen ›undercover‹ ermitteln!«, argumentiert Tobi. »Vielleicht erzählen Ihnen die Jungs vor lauter Dankbarkeit ein bisschen mehr über den toten Daniel Kaiser.«

Der Kommissar schüttelt weiterhin vehement den Kopf.

Ich sehe ihn an und sage dann provokant: »Vergesst es, Jungs. Der Kommissar lässt lieber die ganze Truppe ohne Engagement und Gage nach Hause fahren, verschleppt damit seine Ermittlungen, weil wichtige Zeugen nicht weiter befragt werden können, anstatt über seinen Schatten zu springen und sich aus seiner Komfortzone zu bewegen! Dazu fehlt ihm der Mut!«

Ich sehe ihn auffordernd an und ziehe dabei keck eine Augenbraue hoch.

»Ach, was hat denn das mit Mut zu tun! Ich bin doch jetzt nicht schuld daran, dass die Künstler abreisen müssen! Außerdem: Helfen Sie ihnen doch aus der Patsche!«, verteidigt sich der Angesprochene vehement.

Ich sehe ihn mitleidig an und erkläre das Offensichtliche: »Ich fürchte, als Frau bin ich aus der Nummer raus.«

Da fällt mir noch ein, was er nach der Zeugenbefragung zu mir gesagt hat: »Meinten

Sie nicht, dass Sie selbst gerne unter der Dusche singen? Und Ihre Stimme ganz ordentlich klingt? Also ich finde, Sie haben wirklich die besten Voraussetzungen!«

Tim und Tobi sehen so aus, als hätten sie den Plan ebenfalls noch immer nicht aufgegeben und so reden sie abwechselnd auf den Kommissar ein:

»Wir würden Sie natürlich beim Styling unterstützen!«

»Stellen Sie sich vor, Sie könnten so den Fall viel schneller lösen! Dann bekommen Sie sicher von der Reederei aus Dankbarkeit Schiffsurlaub auf Lebenszeit!«

»Vielleicht springt auch 'ne Beförderung raus?«

»Sie würden wirklich super aussehen in den Klamotten! Wie für Sie gemacht!«

»Außerdem kennt Sie hier doch praktisch niemand!«

»Und die Nummern sind nicht so schwer zu singen – das machen Sie mit links!«

Ich sehe Sebastian Loch an, dass er die ganze Idee für völlig absurd hält. Andererseits schätze ich ihn doch so ein, dass es ihm leidtun würde, wenn die Künstler abreisen müssten. Und auch die Aussicht auf eine rasche Lösung des Falls würde ihm zupasskommen – ich kann sehen, wie es hinter seiner Stirn rotiert.

Ich starte einen letzten Versuch: »Herr Loch, geben Sie sich einen Ruck. Sie machen das ja nicht zum Spaß, sondern quasi … dienstlich. Wir bereiten Sie optimal vor, so dass Sie sich nicht blamieren. Außerdem wird Sie ja von der Besatzung und den Passagieren niemand in der Maskerade erkennen. Und den Jungs würden Sie aus der Patsche helfen. Sie haben doch ein gutes Herz.«

Ich lasse den letzten Satz im Raum stehen und etwas nachklingen. Tim und Tobi haben sofort begriffen, worauf es ankommt, und so sehen wir den Kommissar alle drei mit unserem allerbesten Dackelblick an.

»Also ich weiß nicht ...«, sagt Sebastian Loch. Aber das ist genau das Zögern, auf das wir gewartet haben. Und so nutze ich die Situation und mache Nägel mit Köpfen.

Ich nehme seine Hand, schaue ihm tief in die Augen und sage: »Herr Loch, Sie tun das Richtige!«

»Kindchen, schenk ihm noch einen Schnaps ein. Ich glaube, er braucht noch einen«, sagt Barbara Beauty und raunt, mehr zu sich selbst: »Und gib mir auch einen. Das ist wirklich eine Schnapsidee.«

Sie verzieht das Gesicht und sieht abfällig auf Sebastian Loch herab, der in einem rot-schwarzen 20er Jahre-Kleid und einem passenden Stirnband, an dem eine ausladende Feder absteht, etwas verloren in der Künstlergarderobe vor uns sitzt. Seine schlanken Beine stecken in blickdichten, schwarzen Strümpfen und glitzernden Riemchensandalen, er trägt lange, rote Handschuhe und sein Gesicht ziert schon das passende Make-up. Max Hollenhuber, der sich bereits in Heidi Heart verwandelt hat, beugt sich gerade über den Kommissar und versucht, ihm noch einen Kranz falscher Wimpern aufs rechte Auge zu kleben.

Die hünenhafte Trude Dreamy reicht Herrn Loch ein gut gefülltes Schnapsglas, das dieser mit den behandschuhten Händen leicht zittrig entgegennimmt. Er setzt es umgehend an die geschminkten Lippen und leert es in einem Zug – das Augenstyling muss warten.

»Halt doch mal still. So wird das nie was«, schimpft Heidi und zieht das Kinn des Kommissars energisch zu sich heran, um einen neuen Wimpernklebeversuch zu starten.

»Ich glaub, ich schaffe das nicht«, jammert Sebastian Loch vor sich hin, hält Heidi aber brav sein Gesicht entgegen.

Nach wie vor bin ich mir nicht sicher, ob ich das alles hier nicht nur träume. Kommissar Loch hat sich von uns tatsächlich überreden lassen, das Gute mit dem Nützlichen zu verbinden und als Ersatzmann/-frau bei der Travestieshow einzuspringen, um mehr Informationen über unsere Leiche herauszufinden.

Die Künstler konnten ihr Glück kaum fassen – nur Barbara Beauty hatte Bedenken, ob der Kommissar »das Niveau der Show«, wie sie sich ausdrückte, nicht gefährden würde. Aber die Alternative, überhaupt nicht auftreten zu können und stattdessen von Bord gehen zu müssen, gefiel ihr noch weit weniger. Und so machten wir uns direkt nach dem Frühstück ans Werk,

Sebastian Loch in eine Diva zu verwandeln. Die Kostüme des toten Daniel Kaiser passten glücklicherweise wie angegossen und auch bei der kurzfristig angesetzten, improvisierten Probe am Nachmittag stellte sich der Kommissar als talentierter Sänger heraus, so dass man sich für drei von fünf Nummern entschied, an denen sonst Daniel Kaiser alias Chantalle Shy mitgewirkt hätte. Zwei Stücke weniger plus die anderen Auftritte, in denen der Kommissar sowieso nicht benötigt wurde – das würde kein Mensch merken. Fasziniert sah ich Sebastian Loch bei den Proben zu und dachte: Ich bin wirklich gespannt, welche weiteren Seiten ich noch von ihm kennenlerne werde. Auf alle Fälle scheint er interessanter zu sein, als ich zwischenzeitlich dachte.

Nun hocke ich mich vor ihn hin und sehe ihm von unten in die Augen, denn Heidi ist immer noch damit beschäftigt, die Wimpern auf das zuckende Lid das Kommissars zu pfriemeln.

»Natürlich schaffen Sie das, Herr Loch! Sie brauchen doch nur diese eine Vorstellung zu meistern. Wenn Sie jetzt aufgeben, hätten nicht nur Sie, sondern auch wir einen Urlaubstag ganz umsonst geopfert. Das können Sie uns nicht antun!«

Der Kommissar schluckt trocken.

»Trude, gib ihm noch einen«, ordere ich bei Trude noch etwas Hochprozentiges.

Der Kommissar widerspricht nicht und nimmt den Schnaps dankbar entgegen.

»Ich weiß nicht, ob das starke Zeug gut ist. Hoffentlich kann er sich dann noch die Schritte und den Text merken. Wir trinken ja vor der Vorstellung immer nur ein Gläschen Prosecco …«, wirft Barbara Beauty immer noch zickig ihre Bedenken in die Runde. Der Kommissar schaut Barbara unmissverständlich an, hält Trude auffordernd sein Schnapsglas entgegen und damit ist klar, dass Prosecco jetzt und auch später nicht das Mittel seiner Wahl ist.

Barbara zuckt mit den Schultern, lässt den Korken der Prickelbrause knallen, schenkt sich einen Schluck ein, murmelt: »Wenn das mal gut geht«, und stürzt den Prosecco auf ex die Kehle hinunter.

Die Tür öffnet sich einen Spalt, ein Mann mit einem Headset auf dem Kopf schaut herein und ruft: »Noch zehn Minuten bis zur Show.«

Noch bevor sich die Tür wieder richtig geschlossen hat, ist ein weiterer Kurzer in Sebastian Lochs Mund verschwunden.

Barbara Beauty nimmt sich auch noch einen Schluck Prosecco. Heidi sieht erst zufrieden auf die neuen, langen Wimpern des Kommissars, dann gedankenverloren auf das Sektglas von Barbara und sagt: »Naja. Bei dem einen ist es Schnaps, Daniel hätte jetzt schon zum dritten Mal zum Inhalator gegriffen. Und wehe, das Ding wäre nur halb voll gewesen – da hätte er die Krise bekommen.«

»Er hatte an dem Abend seinen Inhalator dabei?«, hake ich nach, denn ich fürchte, der Kommissar befindet sich schon im schnapsgeschwängerten Konzentrationstunnel für seinen Auftritt und hat keine Antenne mehr für ermittlungsrelevante Bemerkungen.

Heidi Heart nimmt sich auch ein Glas, nippt an ihrem Prosecco während sie nachdenkt und dann sagt: »Soweit ich weiß, hatte er immer einen Inhalator dabei. Sein Herz war leider nicht das Beste und deshalb achtete er penibel darauf, dass er stets seine Medikamente am Mann hatte.«

»Das ist merkwürdig«, sage ich nachdenklich. »Denn wir haben bei ihm keinen Inhalator gefunden.«

Heidi nimmt noch einen Schluck Prosecco und sagt: »Obwohl ... Wenn ich jetzt so darüber nachdenke, habe ich ihn an dem Abend nicht mit dem Ding gesehen. Stattdessen hat er auch ein Schlückchen Blubberbrause genommen, obwohl der Arzt das wohl nicht gern gesehen hat. Oder hatte er vielleicht doch die Inhalator dabei? Naja, beschwören könnte ich es nicht.«

Sie nimmt einen weiteren Schluck Prosecco, dann kramt sie in einer Schublade nach ihren langen Handschuhen. Barbara Beauty macht keine Anstalten, etwas zu unserem Dialog beizutragen. Sie zuckt gleichgültig mit den Schultern und kippt den letzten Schluck Prosecco in ihr Glas.

Erneut erscheint der Headset-Mensch im Türrahmen: »Noch fünf Minuten!«

Kommissar Loch steht entschlossen von seinem Stuhl auf, knallt sein Schnapsglas auf den Tisch und sagt: »Auf in die Schlacht!«

Es ist für einen Moment totenstill in der Kabine, dann wuseln alle durcheinander und aus der Garderobe hinaus. Ich bleibe zurück. Meine Gedanken hängen noch an den eben gehörten Neuigkeiten. Daniel Kaiser hat sich also dem Stress des Auftritts ausgesetzt, auch ohne seine Notfallmedikamente bei sich zu haben. Die Show scheint ihm wirklich wichtig gewesen zu sein, dass er sein Leben riskiert, um den Auftritt nicht platzen zu lassen. Oder waren ihm die Beteiligten bereits so ans Herz gewachsen? Ein bestimmter Künstler? Vielleicht der junge Max? Nachdenklich gieße ich mir etwas von der klaren Flüssigkeit in das mit Lippenstift dekorierte Glas von Sebastian Loch, setze es an und verziehe das Gesicht.

»Igitt! Was ist das denn?«

Ich drehe die Flasche um und lese »Wacholder«.

Ein weiteres Mal, das mich der Kommissar heute überrascht.

»Dssss wa subber! Einfach … subber!«, lallt der junge Max und prostet Sebastian Loch zu, der wehrlos und erschöpft sein Glas hebt. Wir sitzen alle gemeinsam in der Bar und ich bin dieses Mal die einzige Frau in der Runde – die Herren haben ihr Damen-Alter-Ego in der Garderobe gelassen. Ausgelassen feiern wir die erfolgreiche Premiere von Sebastian Loch.

»Jetzt hab ich's!«, ruft Elmar alias Barbara Beauty plötzlich aus, erhebt sich feierlich und streckt sein Glas in die Mitte.

»Kimberly Crime! Sebastian ist ab sofort Kimberly Crime!«

Der Kommissar bekommt große Augen, wechselt augenblicklich die Gesichtsfarbe und schüttelt energisch den Kopf. Ein zweites Mal würden ihn keine zehn Pferde auf die Bühne bringen – da bin ich mir sicher.

Trude Dreamy, die jetzt auch wieder Bernd ist, schenkt dem Interims-Kollegen und sich selbst noch einmal einen Kurzen ein – Sebastian Loch bleibt seiner Ansage treu und verweigert den Prosecco. Ob die 120-Kilo-Trude allerdings die ideale Trinkpartnerin ist … Im Gegensatz zum Kommissar sieht Bernd nämlich noch ganz frisch aus.

»Ja! Kimberly Crime! Der Künstlername ist für dich reserviert – vielleicht brauchst du ihn ja noch einmal …«, sagt Tobi und wir alle erheben unsere Gläser.

»Auf Kimberly Crime!«

Schnäpse und Prosecco werden hinuntergestürzt, nur ich nippe amüsiert an meinem Wasser. Ich bin nicht nur die einzige Frau in der Runde, sondern inzwischen die Einzige, die noch nüchtern ist. Der gestrige Abend steckt mir doch noch in den Knochen und irgendwie schmeckt mir der Prosecco heute auch nicht so richtig. Verdammt, ich werde auch nicht jünger. Aber sowohl die Künstler als auch Tim und Tobi und nicht zuletzt Sebastian Loch sind so mit sich und der Nachbereitung jeder Nummer der erfolgreichen Show beschäftigt, dass keiner bemerkt, dass sich schon seit einer

Stunde der Pegel meines Sektglases nicht verändert hat. Somit kann ich ohne dumme Kommentare bei meinem Wasser bleiben.

Verstohlen blicke ich zum Kommissar hinüber, der zwischen Max und Tobi sitzt, und bereits ziemlich mitgenommen aussieht. Ich hätte wirklich nicht gedacht, dass er das durchzieht und sich für Wildfremde auf die Bühne stellt. Max hat seinen Arm um ihn gelegt – Sebastian Loch muss sehr betrunken sein, wenn er das einfach zulässt. Oder sollte er auch …? Ich hoffe nicht, dass er mich in diesem Punkt ebenfalls überrascht, aber man weiß ja nie.

Max versucht, dem Kommissar in die Augen zu blicken und sagt dann laut, während er ihm auf die Brust tippt: »Wenn nich' schon Daniel meine grooose Liebe gewesen wär', dich würd' isch auch nich' von der Bettkante stubbsen!«

Ich werde hellhörig.

So beiläufig wie möglich sage ich zu Max: »Aber Max, ich dachte, Daniel war hetero.«

Max nickt und seufzt.

»War er auch. War er auch! Aber ich hab immer noch gehofft, ich dreh' ihn um. Er war soooo nett zu mir, hat sich für mich interessiert. Un wollde auf mich aufpassen! Jawohl! Der war ein Guter, echt! Und: Er wollde ganz genau wissen, was meine Pläne un' Träume sinn …«

Bei dem Wort Träume springt er auf und breitet seine Arme Richtung Himmel aus – ungeachtet der Tatsache, dass er noch sein gut gefülltes Sektglas in der Hand hat, dessen Inhalt er schwungvoll über unsere Runde schüttet. Eine kleine Sektdusche ergießt sich über das Hemd des Kommissars, der sich daraufhin ebenfalls erhebt – allerdings deutlich langsamer. Er schwankt und braucht einen Moment, bis er sein Gleichgewicht findet. Der Mann muss dringend ins Bett. Sonst kann ich mir den Rest unserer Reise anhören, was ich ihm angetan habe.

Ich stehe auf, hake Sebastian Loch unter, und erkläre wie selbstverständlich: »Wir gehen mal kurz an die Luft.«

»Aber bring ihn uns heil wieder«, ruft Tobi uns hinterher. »Wir haben schließlich noch was zu feiern!«

Ich nicke, obwohl ich genau weiß, dass ich den armen Kommissar direkt in sein Bett bringen werde. Im Hinausgehen höre ich Max noch sagen: »Und ich hab ihm auch gesagt, was ich vor hab! Jawohl! Ich hab ihm alles erzählt!«

Schwankend lässt sich der Kommissar zur Abwechslung mal von mir abführen. Ich höre ein leises Hicksen. Hoffentlich schläft er mir nicht im Gehen ein.

»Das hätte ich Ihnen wirklich nicht zugetraut«, versuche ich die Zeit bis zu seiner Kabine mit einem kleinen Plausch zu überbrücken. Er hebt den Kopf und sieht mich direkt an. Mir läuft ein Schauer über den Rücken. Bevor er etwas sagen kann, rollt er ein bisschen mit den Augen und ich muss grinsen. Der hat wirklich ordentlich einen im Tee.

»Das is' dein Einfluss. Ich weiss gar nich', was du mit mir machst!« Dann hält er kurz inne, bleibt stehen und hält sich betroffen die Hand vor den Mund, als hätte er gerade einen Fluch der übelsten Sorte ausgesprochen.

»'tschuligun', ich mein' natürlich: Was SIE mit mir machen.«

Ich muss lachen.

»Das ›Du‹ ist für mich okay. Ich bin die Lissie!«

Ich strecke ihm meine Hand entgegen und zu meiner erneuten Überraschung nimmt er sie und gibt mir einen Handkuss. Ich frage mich, ob das wirklich der Kommissar ist, oder ob ich mit einem mir bisher unbekannten Zwillingsbruder reise.

»Sebastian! Angenehm!«, sagt er dann und schlägt die Hacken zusammen – ich muss dabei direkt an den Butler von Dinner for One denken. Und Sebastian zeigt mir gerade die Kreuzfahrtinterpretation des Klassikers.

Ich kichere und ziehe ihn weiter, bis wir schließlich vor seiner Kabinentür stehen. Er kramt seine Schlüsselkarte hervor, öffnet die Tür, macht eine einladende Geste und sagt: »Hereinspaziert!«

Ich bleibe im Gang stehen. Sebastian lehnt in der Tür, seine muskulöse Brust scheint durch das sektnasse Hemd und ein schelmisches Grinsen prangt in seinem Gesicht – er sieht zum Anbeißen aus. Ich beuge mich vor, gebe ihm einen kleinen Kuss auf die Wange und verabschiede mich.

»Du bist wirklich ein mutiger Mann! Hätte ich echt nicht gedacht, dass du die Travestienummer durchziehst. Gute Nacht!«

»Du hast ja keine Ahnung, was ich alles durchziehe, wenn mir was wichtig ist!«

Wir sehen uns an, und für eine Millisekunde steht das Universum still.

Ich drehe mich um und lasse ihn stehen. Kurz darauf höre ich, wie die Tür ins Schloss fällt.

Ich grinse noch einmal und frage mich, wo das alles hinführen wird.

Als ich die Tür öffne, höre ich ein Telefon läuten. Es ist nicht mein Handy, das klingelt, aber das Geräusch kommt unverkennbar aus meiner Kabine. Es ist das Zimmertelefon. Ich sehe auf meine Uhr. Es ist halb zwei. Wer ruft mich denn um diese Zeit an? Ich nehme den Hörer ab.

»Hallo?«

»Lissie? Bist du es?«, erkenne ich Tobis Stimme am anderen Ende der Leitung.

»Tobi? Was willst du denn um diese Zeit …«, frage ich ihn, aber er lässt mich nicht ausreden.

»Lissie! Du musst sofort kommen! Da ist gerade jemand an unserem Balkon vorbeigeflogen.«

»Tobi, Schatz, meinst du nicht, ihr solltet jetzt aufhören, Prosecco zu trinken?«

»Lissie! Ich bin schlagartig nüchtern geworden! Ich wollte mir nur mal kurz in der Kabine einen Pulli holen, weil ich eine rauchen gehen wollte. Da sehe ich, wie jemand an unserem Balkon vorbei nach unten fällt. Ich habe direkt über die Brüstung geschaut – er liegt unten auf Deck 4 und rührt sich nicht mehr. Ich glaube, es hat sonst noch kein Mensch gemerkt. Was sollen wir denn machen?«

»Jetzt mal ganz ruhig, Tobi. Warum hast du denn ausgerechnet mich angerufen?«

»Na, ich dachte, du bist mit dem schnuckeligen Kommissar abgezischt und vielleicht ist er noch bei dir …«, sagt er vorsichtig.

»Nein, ist er nicht!«, sage ich bestimmt, obwohl ich ihn für seinen Scharfsinn mit knapp zwei Promille fast bewundere, und ergänze: »Und der könnte heute auch nichts mehr ermitteln. Warum hast du nicht sofort die Schiffsärztin angerufen? Vielleicht kann man dem Armen ja noch helfen!«, sage ich aufgeregt, aber Tobi antwortet trocken:

»Lissie, das habe ich trotz Alkohol und aus vier Stockwerken obendrüber gecheckt: Der ist vom Oberdeck gut fünfundzwanzig Meter in die Tiefe gestürzt. Dem ist nicht mehr zu helfen.«

Nach einer kurzen Pause schlage ich vor: »Tobi, ich informiere Kapitän Berggrün. Wir treffen uns in fünf Minuten unten auf Deck 4.«

Als ich vor der Leiche stehe, wünsche ich mir, doch ein Gläschen Prosecco getrunken zu haben – der Anblick ist nicht schön und nichts für schwache Nerven. Ich habe den Toten leider sofort erkannt. Es ist der junge Max Hollenhuber, der dort leblos vor uns liegt.

Tobi hat natürlich Tim im Schlepptau und auch der Kapitän ist mit einem seiner diensthabenden Offiziere gekommen. Außerdem haben sie Carola Reinhardt verständigt, die wieder – wie aus dem Ei gepellt – angerauscht kommt. Schläft diese Frau eigentlich nie? Wie macht sie das, dass sie immer aussieht, als käme sie gerade vom Stylisten. Oder war sie vielleicht noch gar nicht im Bett? War sie noch auf dem Schiff unterwegs? War sie vielleicht auf dem Oberdeck …?

Carola Reinhardt kann auch nur noch den Tod von Max feststellen.

»Wie konnte das denn passieren? Und was hat er dort oben gemacht?«, sage ich so vor mich hin.

»Kurz nachdem du mit dem Kommissar gegangen bist«, sagt Tobi, woraufhin ich dafür einen giftigen Blick der Schiffsärztin ernte, » … wollten sie die Bar zumachen. Tim ist aufs Klo, ich bin in unsere Kabine. Wir hatten verabredet, uns zehn Minuten später alle noch einmal auf dem Oberdeck auf einen Absacker zu treffen. Ich glaube, den wollten Bernd oder Elmar noch organisieren.«

»Haben sie auch. Ich bin ja nach oben, nachdem ich auf dem Klo war, und hab sie dort getroffen«, erklärt Tim und fährt fort:

»Aber als keiner mehr aufgetaucht ist, wollten alle ins Bett.«

»Und wo waren Sie?«, platzt es aus mir heraus und ist an die Schiffsärztin gerichtet.

Sie sieht mich undurchdringlich an.

»Führen Sie jetzt hier die Ermittlungen?«,

fragt sie provokant.

»Nein. Aber haben Sie etwas zu verbergen? Etwas, das wir nicht alle wissen sollen?«, entgegne ich ihr mit ebenfalls spitzem Unterton.

»Ich weiß ja nicht, was Sie noch getan haben. Ich habe geschlafen«, gibt sie scharf zurück.

»Meine Damen, meine Damen«, schaltet sich Kapitän Berggrün ein.

»Ich glaube, das ist jetzt nicht der richtige Zeitpunkt, sich zu streiten. Leider passiert es hin und wieder, dass – meist unter Alkoholeinfluss – ein Passagier das Gleichgewicht verliert und über die Brüstung fällt. Ich schätze, bei dem jungen Mann wird es nicht anders gewesen sein. Rippmann«, weist er seinen Offizier an, »sorgen Sie bitte dafür, dass er ebenfalls ins Kühlhaus gebracht wird. Und weiterhin kein Wort zur Crew! Auch, wenn zwei Tote während einer Fahrt wirklich mehr als ungewöhnlich sind. Und setzen Sie das Thema ›Alkohol und die Gefahren am Arbeitsplatz‹ bitte als Thema für die nächste Rettungsübung an.« Und dann an die Schiffsärztin gerichtet: »Wollen Sie ihn noch untersuchen, Frau Reinhardt?«

Die Schiffsärztin schüttelt verneinend den Kopf. »Nein, ich denke, weitere Untersuchungen können auch noch an Land vorgenommen werden.«

»Was ist, wenn er betäubt wurde? Sollte man das nicht feststellen, bevor sich da was abbaut?«, werfe ich ein.

»Lissie …«, sagt Tobi ermahnend.

»Ich mein ja nur ...«, gebe ich trotzig zurück.

»Ich mache ein paar Schnelltests«, lenkt die Schiffsärztin großzügig und für meinen Geschmack etwas zu hilfsbereit ein.

»Ja, das ist vielleicht besser so. Um alle Eventualitäten auszuschließen. Danke«, sagt Kapitän Berggrün.

Ich kann mir die Frau nicht länger antun.

»Ich sehe mich noch mal auf dem Oberdeck um«, sage ich bestimmt. Ich kann mir irgendwie nicht vorstellen, dass Max einfach so über die Brüstung gefallen sein soll. Und Selbstmord? Nein, dafür war Max heute Abend – trotz Liebeskummer – zu gut drauf. Leider bekomme ich den lädierten Kommissar für eine Untersuchung jetzt nicht mehr aus dem Bett. Ich muss mich noch einmal selbst umsehen.

»Tun Sie, was Sie nicht lassen können«, kann sich die Reinhardt einen letzten Kommentar nicht verkneifen. Dann kommt der Offizier mit zwei Crewmitgliedern und einer Trage zurück, und sie transportieren den toten Max ins Kühlhaus. Das hätte sich der junge Kerl sicher auch nicht träumen lassen, dass er seinem Schwarm so bald so nah sein würde.

Eine kalte, heiße Spur

»Kind, du hast was verpasst! Die Wanderung war einfach spitze! Die Natur auf dieser Insel: Ein Träumchen! Aber mit dem Rückweg hab ich mich doch e bissi schwer getan. Das Essen war mächtiger, als ich dachte«, sagt meine Mutter und seufzt.

»Besser zu viel gegessen, als zu wenig getrunken«, kommentiert mein Vater, während er sich eine Gabel Rührei in den Mund schiebt.

Wir haben es doch tatsächlich geschafft, das erste gemeinsame Frühstück als Familie Sommer auf diesem Schiff einzunehmen. Meine Mutter seufzt noch einmal gedankenverloren, beißt in ihr Wurstbrot, und sagt: »Die Schuhpizza war aber einfach zu lecker.«

Ich lasse meinen Müslilöffel kurz in der Luft innehalten.

»Schuhpizza?«

Meine Mutter nickt wissend und beißt erneut genüsslich in ihr Brot.

»Ich weiß auch nicht, warum die die Worscht Schuhpizza nennen. Ich hätte sie ja scharfe Salami getauft. Des versteht wenigstens jeder.«

Jetzt dämmert mir, was meine Eltern gegessen haben könnten.

»Kann es sein, dass es ›Chorizo‹ in eurem Pausenlokal gab?«

»Ne, ne. Sowas würd ich doch net esse! Ne,

mir hatte scharfe Salami mit Brot. Und was für eine Portion! Mindestens dreißig Scheiben! Fast so groß wie im Kleinmannshäuser Hof!«

Der Kleinmannshäuser Hof war vor zwanzig Jahren ein beliebtes Ausflugslokal der Wandertruppe meiner Eltern. Dort bediente der Seniorchef – damals bereits gefühlte fünfundsechzig – mit seiner Frau noch selbst. Neben der eigentlichen Gaststätte gab es einen Nebenraum, der nur am Wochenende geöffnet wurde und so aussah, als hätten sie morgens die Oma rausgeräumt. Neben der legendären Salamiplatte stand noch eine Schinkenplatte in gleicher Dimension auf der Speisekarte sowie eine Portion Hausmacher Wurst – ich glaube, die Existenz von Vegetariern wurden in den 90er Jahren auf dem Land einfach verleugnet. Wer »nur was Kleines« essen wollte, konnte Salami und Schinken auch als »Brot«-Variante haben. Sprich: Die dreißig Scheiben Wurst wurden lediglich auf einer Scheibe Brot verteilt – quasi Low-Carb. Dazu servierte der Chef den von ihm eigenhändig gekelterten Apfelwein, für uns Kinder gab es Spezi.

Damals durfte man das süße Zeug seinen Kids noch mit gutem Gewissen bestellen, ohne dass man von einer anderen Mutter dafür sofort standrechtlich erschossen wurde. Ich kann mich noch daran erinnern, dass wir einmal mit Bekannten dort waren, und Harry statt eines Schoppens ein Bier bestellte. Es dauerte eine gefühlte Ewigkeit und Harry freute sich schon auf ein »ordentlich gezapftes Sieben-Minuten-Pils«.

Stattdessen stellte ihm der Wirt schließlich eine nur kellerkalte Flasche und ein Glas hin. Als Harry das zweite Bier bestellte, war ich zufällig auf dem Klo und konnte zusehen, wie der Wirt ächzend und schnaufend eine (!) Flasche Bier im Einkaufsnetz aus dem Keller holte. So erklärte sich auch, warum die Bewirtung an diesem Tag etwas schleppend lief.

»Wäre es den Herrschaften recht, wenn ich Ihnen zur morgendlichen Mahlzeit ein wenig Gesellschaft leiste?«

Ich muss nicht aufsehen, um zu wissen, dass Privatdetektiv Schneider diese Frage gestellt hat.

»Rede Sie net so geschwolle und setze Sie sich«, sagt meine Mutter bestimmend und zieht einladend einen Stuhl zurück.

Georg Schneider macht eine angedeutete Verbeugung und lässt sich auf dem Sitzmöbel nieder. Zuvor stellt er seinen Teller auf den Tisch, der reichlich gefüllt ist – mit Lachs, geräucherter Forelle, Trüffelsalami und Leberpastete. Den Lachs kann man nur schwer erkennen, da sich ein körniger, schwarzer Klumpen auf ihm erstreckt – offensichtlich hat er die komplette Kaviardekoration von der Fischplatte gekratzt. Der Privatdetektiv weiß, was gut ist. Mein Vater wirft ebenfalls einen Blick auf den Teller des Ermittlers und kommentiert: »Mit dem guten Geschmack ist es ganz einfach: Man nehme von allem nur das Beste.«

Georg Schneider sieht meinen Vater fragend an, worauf dieser erklärend hinterher schiebt:

»Oscar Wilde.«

Georg Schneider nickt unbeeindruckt, bestreicht einen Toast mit Butter und wuchtet eine große Menge Lachs samt Sahnemeerrettich und Kaviar darauf.

Ich denke: Irgendwie hat die Szene Parallelen zum Kleinmannshäuser Hof, nur nobler.

Der Privatdetektiv beißt gierig in den Lachs-Kaviar-Berg und verdreht genüsslich die Augen. Er braucht einen Augenblick, bis er den Mund voller Fisch zerkaut und geschluckt hat, dann sagt er erklärend: »Ich liebe diesen Auftrag. Es kommt nicht oft vor, dass man das Nützliche mit dem Angenehmen so perfekt verbinden kann.«

Er beißt erneut ab, wobei ihm ein bisschen Kaviar an der Nasenspitze hängen bleibt. Ich sollte ihn darauf aufmerksam machen, stattdessen tue ich so, als würde ich es nicht sehen. So viel Gier schon beim Frühstück verdient eine kleine Strafe.

»Apropos«, setze ich stattdessen an. »Sie haben uns noch gar nicht erzählt, was Sie eigentlich auf dem Schiff machen. In wessen Auftrag sind Sie denn hier?«

»Ja, das ist ja das Allerbeste an der Sache. Mein Auftrag ist eigentlich schon erledigt.«

»Warum?«, frage ich nach und versuche, nicht zu auffällig auf seine Kaviarnase zu starren, mit der mich Georg Schneider stark an Mickey Mouse erinnert.

»Mein Beschattungsobjekt befindet sich leider nicht mehr unter den Lebenden.«

Quasi zeitgleich hören meine Eltern und ich auf zu kauen und sehen den Privatdetektiv erstaunt an, der gerade den letzten Rest seines Toastes in den Mund bugsiert – dabei gesellen sich ein paar weitere Körnchen Kaviar an seine Nasenspitze. Ich weiß nicht, was mich gerade mehr verwirrt: Das, was aus dem Mund des Privatdetektivs kommt, oder das, was an seiner Nase hängt. Es ist ein bisschen wie bei Loriots Klassiker »Die Nudel« – nur eben mit Fischeiern.

»Jetzt sagen Sie bloß, Sie haben Daniel Kaiser beobachtet!«, sage ich ihm auf den Kopf zu.

Georg Schneider nickt, wobei ihm ein Kaviarkörnchen von der Nase fällt, was er mit einem »Oh« kommentiert, es mit dem Zeigefinger vom Teller wischt und unverzüglich ableckt.

»Lassen Sie sich doch nicht alles aus der Nase ziehen«, sage ich vorwurfsvoll und bemerke aus dem Augenwinkel ein belustigtes Zucken um den Mundwinkel meines Vaters ob meines ungewollten Wortspiels.

»Sie wissen, dass es mir eigentlich nicht erlaubt ist, darüber zu sprechen. Ich bin meiner Klientin gegenüber zum Schweigen verpflichtet.«

»Ihrer Klientin? Hat Sie Daniel Kaisers Frau beauftragt?«, versuche ich einen Schuss ins Blaue und sehe an der Miene des Privatdetektivs eine Millisekunde später, dass ich ins Schwarze getroffen habe.

»Woher wissen Sie …? Also … ich … ja …«

»Ei, Herr Schneider, jetzt mache Sie kein Staatsgeheimnis draus«, klinkt sich meine Mutter ein.

Georg Schneider seufzt ein bisschen zu theatralisch, dann setzt er an: »Also, da Sie es ja eh schon zu wissen scheinen. In der Tat hat mir Frau Kaiser den Auftrag erteilt, ihren Mann zu observieren. Sie hatte den Verdacht, dass er sie betrügt, da er sich in letzter Zeit so merkwürdig benommen hatte.«

»Was heißt denn ›merkwürdig‹?«, unterbreche ich die Erklärung des Privatdetektivs, der den Kopf ein wenig schief legt, wobei ihm wieder ein Kaviarkörnchen von der Nase rieselt. Das Zucken um den Mundwinkel meines Vaters ist bereits zu einem breiten Grinsen mutiert, das der Detektiv aber nicht auf sich zu beziehen scheint.

Georg Schneider nimmt erst das Kaviarkörnchen, dann den Gesprächsfaden wieder auf: »Na, das Übliche. Herr Kaiser blieb seiner Gattin abends immer öfter fern und bot nur fadenscheinige Begründungen dafür. Er gab sich oft fahrig und unaufmerksam, der Welt entrückt.« Dabei sieht der Privatdetektiv selbst gedankenverloren aus dem Fenster und der Kaviar glänzt dabei unschuldig in seinem Gesicht.

»Und jetzt diese angebliche ›Geschäftsreise‹ auf einem Kreuzfahrtschiff! Das gab dann für Frau Kaiser den endgültigen Ausschlag, einen Ermittlungsprofi zu engagieren, um der Sache auf den Grund zu gehen. Sie können sich vorstellen, wie erschüttert sie war, als sie von mir nun vom Tod ihres Mannes erfahren musste.«

»Offenbar aber nicht so erschüttert, dass sie sich hierher auf den Weg gemacht hätte …«, gebe ich zu Bedenken.

Georg Schneider schüttelt den Kopf und ein weiteres Kaviarkörnchen fliegt von seiner Nasenspitze und bleibt direkt neben seinem Gesicht an der Fensterscheibe kleben.

»Frau Kaiser ist beruflich sehr eingespannt, und der Leichnam wird ja in den nächsten Tagen überführt. Es wäre töricht, wenn sie Zeit und Mühen völlig umsonst auf sich nehmen würde.«

Er blickt wieder zum Fenster hinaus, bemerkt den Kaviar, nimmt seine Serviette, wischt ihn von der Scheibe und sagt:

»Bei einem Schiff dieser Klasse würde ich doch ein bisschen mehr Sauberkeit erwarten.«

Mein Vater sitzt mit puterrotem Gesicht neben mir – noch ein Kaviar-Ereignis und mein Vater wird vor Lachen zusammenbrechen.

Ich versuche, die Situation noch einmal auf den ernsten Inhalt unseres Gesprächs zu lenken, und hake nach: »Hatte Frau Kaiser denn recht? Hat er sie betrogen?«

Georg Schneider schüttelt verneinend den Kopf, so dass nun auch das letzte Fischei von seinem Riechkolben purzelt. Mein Vater entschuldigt sich, um die Waschräume aufzusuchen. Ich kann hören, wie das Lachen noch im Weggehen bereits laut aus ihm herausbricht.

»Nein, es verhält sich anders als gedacht. Aber mir fehlt noch die letzte Bestätigung der DNA-Analyse, die ich Herrn Kaiser und seinem Sohn heimlich unterzogen habe.«

»DNA-Analyse?«, sage ich fragend.

»Sein Sohn?«, sagt meine Mutter fragend.

»Sein Sohn ist hier an Bord?«, frage ich weiter.

»Wer ist denn sein Sohn?«, fragt meine Mutter weiter.

Der Privatdetektiv beugt sich vielsagend zu uns hinüber, wobei seine vom Kaviar schwarz eingefärbte Nasenspitze bedrohlich nahe kommt.

»Max Hollenhuber!«

»Aber der ist doch … schwul!«, bemerkt meine Mutter, wobei sie das Wort »schwul« etwas leiser ausspricht als den Rest des Satzes.

»Mama, das spielt doch keine Rolle! Daniel Kaiser war der Vater, nicht sein Lover!«, berichtige ich meine Mutter, die daraufhin ein nachdenkliches Gesicht macht.

»In der Tat ist dieser Umstand trotzdem nicht ganz unwichtig. Offenbar weiß Max selbst nicht, dass Herr Kaiser sein leiblicher Vater war. Er stammt aus einer Liaison noch vor der Ehe mit der heutigen Frau Kaiser. Und …« Georg Schneider macht eine theatralische Pause, bevor er fortfährt: »Ich fürchte, der junge Mann war drauf und dran, sich in seinen Vater zu verlieben.«

»Hm«, ich nippe am Rest meines Milchkaffees und murmle vor mich hin: »Und jetzt wird er es auch nicht mehr erfahren.«

»Ach, naja, irgendjemand wird's ihm schon sagen. Es wird doch immer was geschwätzt«, kommentiert meine Mutter.

Ich schüttle langsam den Kopf, verziehe das Gesicht und bemitleide mich selbst, dass ich die Überbringerin der schlechten Nachrichten beim Frühstück sein muss.

»Max Hollenhuber ist leider auch tot. Er ist letzte Nacht, offenbar betrunken, über die Brüstung des Oberdecks gefallen und zig Meter in die Tiefe gestürzt, bevor er auf Deck 4 aufschlug. Tobi hat es zufällig aus seiner Kabine heraus beobachtet und mir Bescheid gesagt.«

»Warum hat er denn net den Kommissar geweckt?«, fragt meine Mutter und ich spüre, wie mir das Blut in den Kopf steigt.

»Das musst du ihn schon selbst fragen«, antworte ich schnell und hoffe, dass sie sich damit zufriedengibt. Aber nicht meine Mutter. Sie sieht mich durchdringend an.

»Kann es sein, dass er gedacht hat, der nette Kommissar wäre bei dir?«, fragt sie und mit jedem Wort, das sie ausspricht, wird ihr Grinsen breiter.

Bevor ich antworten kann, tritt Kapitän Berggrün an unseren Tisch.

»Guten Morgen, die Herrschaften. Ist alles recht?«

»Außer, dass bei Ihnen die Passagiere sterben wie die Fliegen, ist alles recht«, sagt meine Mutter geradeheraus.

»Gnädige Frau, Sie müssen mir glauben, dass das wirklich nur ein unglücklicher Zufall sein kann.«

Meine Mutter schaut ihn kritisch an und sagt: »Ich glaube, ich muss da mal mit meiner Bekannten bei der Reisegesellschaft drüber reden, ob die psychische Belastung nicht den Reisepreis mindert.«

Der Kapitän guckt eingeschüchtert und sagt: »Ich würde es sehr schätzen, wenn Sie erst einmal nichts dergleichen unternehmen würden. Ich werde persönlich dafür Sorge tragen, dass Sie es auf unserem Schiff so angenehmen wie möglich haben. Und jetzt entschuldigen Sie mich bitte.«

»Mama!«, sage ich vorwurfsvoll zu meiner Mutter.

Die zuckt nur mit den Schultern und sagt bestimmt: »Kind, wenn ich mir im Leben alles gefallen lassen hätte, wäre ich jetzt nicht da, wo ich bin!«

Ich bin dem Kapitän dankbar, dass er so unverhofft in unsere Unterhaltung geplatzt ist, denn damit ist das Thema, wie sich mein aktuelles Verhältnis zu Herrn Loch gestaltet, elegant unter den Tisch gefallen. Und so wende mich an den Detektiv, um zu unserer eigentlichen Unterhaltung zurückzukommen: »Warum hat ihm Daniel nicht gesagt, dass er sein Vater ist? Er muss doch gemerkt haben, dass ihm sein Sohn schöne Augen macht. Sowas ist für einen Vater doch mehr als unangenehm.«

»Vielleicht wollte er noch einige Dinge herausfinden, bevor er sich seinem Sohn offenbaren mochte. Leider ist er dazu ja nun nicht mehr gekommen.«

»Welche Dinge?«, hake ich weiter nach.

Georg Schneider nimmt seine Papierserviette und schnäuzt lautstark hinein – ganz entgegen seinem sonst so feinen Getue, denn das ist nun nicht sehr vornehm. Als er die zum Taschentuch missbrauchte Serviette wieder runternimmt, hängt erneut ein Kaviarkörnchen an seiner Nase – es muss das sein, das er eben noch von der Fensterscheibe gewischt hat. Ich versuche, meine letzte Konzentration aufzubringen, um die restlichen Details aus dem fischigen Detektiv herauszubekommen. Zu meinem Glück ist nicht nur der Kaviar an seiner Nase, sondern auch die Augen meiner Mutter an seinem Gesicht kleben geblieben, so dass sie nicht weiter nachfragt, was denn zwischen dem Kommissar und mir läuft.

»Äh … also, noch mal: Was denken Sie, hinter welche Dinge er noch kommen wollte?«

Herr Schneider zuckt mit den Schultern und sagt: »Vielleicht ging es um unredliche Machenschaften? Aber über diese Inhalte bin ich noch nicht abschließend informiert.«

»Bestimmt Drogen oder so ein neumodisches Zeug!«, wirft meine Mutter ein.

Erneut zuckt der Detektiv mit den Schultern und ich bin überzeugt, dass er noch rein gar nichts weiter ermittelt hat.

Er lächelt meiner Mutter direkt ins Gesicht und sagt: »Frau Kaiser möchte jedenfalls, dass ich das alles weiter untersuche und jedes Detail rund um den Tod ihres Mannes herausbekomme – wenn ich ja eh schon auf diesem Schiff zugegen bin. Und seien Sie versichert, gnädige Frau: Ich werde es herausfinden! Mir entgeht schließlich nicht das kleinste Detail!«

Meine Mutter blickt den Privatdetektiv mit der Kaviarnase an und nun ist sie es, die sich nicht mehr beherrschen kann. Sie steht auf und murmelt etwas von: »Ich muss mal schauen, wo dein Vater steckt.« Nachdem sie sich fünf Meter vom Tisch entfernt hat, höre ich ihr Kichern.

»Ich darf mich nun auch entschuldigen«, sagt Georg Schneider. »Vielen Dank für die erfrischende Gesellschaft an diesem Morgen, auch wenn die Nachricht vom Tod des jungen Max natürlich betrübliche Neuigkeiten sind. Ich muss nun gehen, denn ich habe gleich einen Termin im Schönheitssalon. Gesichtsmaske mit Kaviar – was für den Magen gut ist, kann ja für den Teint nicht schlecht sein!«

Er zwinkert mir zu und schreitet von dannen. Ich sehe mich um und kneife mich selbst in den Arm, weil ich nicht sicher bin, ob ich diese ganze wirre Szene vielleicht nur geträumt habe.

Die Liegen am Pool sind schon recht gut gefüllt. Und doch hat man als Single hier mal einen echten Vorteil: Eine einzelne freie Liege findet sich immer. Ich lasse mich auf einer in der Mitte an der Längsseite des Pools nieder und betrachte das Treiben rund um das kühle Nass, denn es geht heute nicht nur im Becken, sondern auch am Rand eher frostig zu: Zwei Eisschnitzer bearbeiten gerade große Eisblöcke mit Feilen, Hackebeilen, Sägen und sogar einer Machete, so dass daraus peu à peu ein filigraner Schwan und eine Obstschale aus Eis auf einem Sockel entstehen. Der Chefanimateur begleitet dies lautstark mit Informationen, die ich mir nicht merken will, von denen ich aber schon jetzt weiß, dass sie sich völlig unnötigerweise in mein Hirn einbrennen werden.

»Diese zwei jungen Herren kommen von einer kleinen Insel Indonesiens. Die Einwohner von Murahurahabi haben sich auf das Eisschnitzen spezialisiert und geben ihr Wissen von Generation zu Generation weiter. Obwohl die klimatischen Verhältnisse es nicht vermuten lassen, üben die Murahurahabis täglich und perfektionieren ihre Kunst.«

Kameras klicken begleitet von begeisterten »Ah-« und »Oh«-Rufen, während sich die beiden Indonesier an ihren Skulpturen abarbeiten und ich frage mich, warum man ausgerechnet im tropischen Indonesien auf die Idee kommt, eine Eisschnitzer-Dynastie zu gründen. Ich bin skeptisch und vermute, dass da die PR-Abteilung der Reederei irgendwas durcheinander gebracht hat.

Ein dünner Teenie mit jeder Menge Pickel im Gesicht krault zügig, einsam und etwas unmotiviert im Pool seine Bahnen und wird dabei von seiner Mutter angeschrien, die mit einer

Stoppuhr am Beckenrand kniet. Eine vom Typ Ehrgeizige-Sport-Mama. Sie selbst sieht aus, als würden ihr ein paar zusätzliche Sporteinheiten auch nicht schaden, aber das Outfit ist natürlich »state of the art«: Neon-Pink auf Neon-Blau und mindestens eine Nummer zu eng. Selbst durch das Wasser kann ich dem armen Jungen ansehen, dass er wohl gehofft hatte, wenigstens im Urlaub vom Drill seiner Mutter verschont zu bleiben. Aber er hat keine Chance.

»Zieh noch mal durch, Jan-Hendrik, 'ne 38er Zeit! Das kann ja wohl nicht wahr sein! So kannst du das vergessen mit den Meisterschaften.«

Jetzt macht Jan-Hendrik den Eindruck, als wäre er dankbar, im Wasser zu sein – so muss er seiner Mutter nicht antworten.

Ich lehne mich zurück und bin meiner Mama gerade sehr dankbar, dass sie mich immer unterstützt, aber nie zu etwas gedrängt hat. Und so neumodischen Kram hätte sie auch als Sportler-Mum nicht angezogen.

Neumodischer Kram … wo habe ich das letztens schon mal gehört? Während ich darüber nachdenke, lecke ich abwesend über meine noch immer ramponierte Lippe. Schlagartig fällt es mir ein. Charly! Wie hatte er sich ausgedrückt, als er mich in der Sauna gefunden hatte? Die aufgeplatzte Lippe sei von dem »neumodischen Kram«? Er kann damit nur den Segway gemeint haben. Aber woher sollte er das wissen? Wo hat er mich damit gesehen? Es sei denn … Es sei denn Charly war der unbekannte Dritte in der Altstadt von Marrakesch, der sich mit Max und dem Marokkaner getroffen hatte. Mit dem, der gerade auf der anderen Seite am Pool vorbeiläuft, und der doch eigentlich im Wellnessbereich arbeitet. Der, der jetzt zu einem der Eisschnitzer geht, die unter großem Applaus das kalte Gemetzel beendet haben, ihm etwas ins Ohr flüstert, woraufhin der Indonesier genauso frostig guckt wie sein unterkühlter Schwan. Er geht zu seinem Kollegen, sagt etwas. Der andere nickt. Der Marokkaner hat sich schon verflüchtigt, aber der Eisschnitzer folgt ihm jetzt. Und ich den beiden.

Lissie! Was soll denn das jetzt schon wieder?, schelte ich mich innerlich, während ich aufstehe und wie ferngesteuert schnurstracks hinter den beiden herlaufe. Ich weiß nicht, was mich treibt, aber ich muss wissen, was diese Typen im Schilde führen.

Der Spa-Mitarbeiter öffnet eine Tür, die sich fast nahtlos in die Boardwand einfügt und mir deshalb bisher noch nicht aufgefallen ist, und geht hinein. Hinter ihm fällt die Tür nur kurz ins Schloss, bevor sie von dem indonesischen Eisschnitzer wieder aufgestoßen wird, der ebenfalls in dem dunklen Loch verschwindet. Einige Sekunden später stehe ich selbst vor der Luke und lausche. Ich höre nichts – das könnte aber auch gut an der dicken Boardwand liegen. Was, wenn die beiden direkt hinter der Tür stehen?

Bevor mein Verstand eine Antwort gefunden hat, wandert meine Hand an die Klinke und drückt sie runter. Die Tür geht auf und ich steige hinein. Drinnen brennt die Notbeleuchtung und taucht das Treppenhaus in ein schummriges Licht. Glücklicherweise geht es nur nach unten, so dass ich meine Verfolgung fortsetzen kann, ohne nachzudenken, wohin die beiden verschwunden sein könnten, Auf Zehenspitzen nehme ich Stufe für Stufe – was nicht nötig wäre, denn weiter unten poltern lautstark Schritte über die Eisengittertreppe. Ich sehe durch den Rost der Stufen hinunter und gerade noch, wie der Indonesier zwei Etagen tiefer abbiegt und weiter ins Innere des Schiffes verschwindet. Eilig laufe ich die Treppe hinunter bis ich vor der Tür stehe, durch die meine Beschattungsobjekte geschlüpft sein müssen. Im Gegensatz zu der Eingangsluke ist dies eine Automatiktür, die sich sogleich mit einem lauten »Zschhhh …« öffnet. Ich gehe hindurch und stehe in einem langen Korridor, von dem offenbar zahlreiche Lagerräume abzweigen. Ein starkes Brummen von Generatoren oder sogar dem Schiffsmotor erfüllt die gesamte Etage – deutlich lauter als im Gästebereich. Ich fröstle. Es ist kalt. Offenbar befinde ich mich hier in den Kühl- und Vorratsräumen des Schiffes. Jetzt habe ich die Wahl. Rechts oder links? Der rechte Gang ist deutlich kürzer, bevor er um die nächste Ecke biegt. Ich probiere erst mal hier mein Glück, denn zu tief will ich auch nicht ins Schiffsinnere vordringen – ich bekomme langsam Angst, dass ich nicht mehr zurückfinde. Im Gegensatz zum Gästetrakt fallen die Beschilderungen hier nämlich mehr als spärlich aus. Langsam schleiche ich den Gang entlang, luge vorsichtig um die nächste Ecke und erschrecke mich fast zu Tode, wobei mir eine leises »Huch« entfährt. Nicht einmal einen Meter entfernt stehen der Typ aus der Wellness-Crew und der Eiskünstler zusammen und tuscheln, und ich sehe gerade noch, wie Geld und kleine Päckchen den Besitzer wechseln. Ich weiche schnell wieder zurück. Hoffentlich haben sie mich nicht gehört, denke ich noch, als der Indonesier plötzlich vor mir steht und mich mit finsterem Gesicht ansieht. Bevor ich noch irgendetwas tun oder sagen kann, öffnet sein Kompagnon eine Tür, ein eiskalter Luftschwall tauscht seinen Platz mit mir, denn ich werde unsanft von dem Eisschnitzer in einen Kühlraum gestoßen. Ich lande auf dem Hosenboden. Gleichzeitig fällt die Tür ins Schloss und ich höre einen Riegel klacken.

»Scheiße!«, entfährt es mir ganz undamenhaft. Langsam sammle ich mich wieder und sehe mich um. Ich befinde mich ganz offensichtlich im Fischkühlhaus – um mich herum hängen Dutzende von ganzen Lachsen und anderen großen Fischen, in den Regalen lagern zudem kleinere Meeresbewohner in weißen Styroporkisten. Und mir ist eiskalt. Kein Wunder, denn über meinem Tankini trage ich nur ein T-Shirt und Shorts und die Temperatur hier drinnen schätze ich auf irgendwas um den Gefrierpunkt. Lange werde ich es hier drin nicht unbeschadet überstehen – Zeit, hier rauszukommen. Ich rapple mich hoch. Während ich aufstehe, fällt mein Blick auf ein kleines, durchsichtiges Tütchen mit weißen Kristallen, das neben der Tür liegt. Ich bücke mich und hebe es auf. Es sieht ein bisschen aus wie Kandis, was sich da in dem

Plastikbeutelchen mit dem blauen Streifen befindet. Aber ich ahne, dass das weder Kandis noch Meersalz oder irgendein anderes Lebensmittel ist, das ordnungsgemäß in dieses Kühlhaus gehört. Bestimmt handelt es sich um irgendeine Droge, aber was es sein könnte – damit kenne ich mich selbst nicht aus. Das Päckchen muss einem der beiden Gauner aus der Tasche gefallen sein, als sie mich in das Kühlhaus gestoßen haben. Ich stecke es schnell in die Tasche meiner Shorts und gehe zur Tür. Ich will den Hebel runterdrücken, obwohl ich schon weiß, was passieren wird: nämlich nichts. Ich probiere es noch einmal, rüttle an dem Türbeschlag, der eigentlich so konstruiert ist, dass er sich von außen wie innen gleichermaßen öffnen lässt. Wenn eben genau das passiert: Dass die Tür zufällt und sie – sonst versehentlich – von außen verschlossen wird. Ich hämmere mit den Fäusten gegen die Tür und schreie laut:

»Hilfe! Hört mich denn niemand? Hilfe! Ich bin hier eingesperrt!«

Aber nichts passiert. Wo zum Teufel sind denn die zweitausend Mann Besatzung, wenn man sie braucht? Mir würde jetzt ja auch schon einer reichen, der mir die Tür öffnet und mich befreit. Mir wird immer kälter. Gibt es in solchen Räumen nicht auch so was wie einen Alarmknopf? Ich suche mit den Augen den Raum ab, aber auf den ersten Blick kann ich nichts dergleichen finden. Stattdessen sehe ich weiter hinten zwei große, schwarze Säcke, und meine Gänsehaut verstärkt sich. Ich bahne mir einen

Weg durch die herumhängenden, gefrorenen Fische und trete näher heran – es sind die Leichensäcke, in denen der tote Daniel Kaiser und sein vermeintlicher Sohn Max Hollenhuber liegen müssen. Es schüttelt mich. Wenn die Schiffsgäste wüssten, dass zwischen ihrem Abendessen die Leichen liegen, würde ihnen sicher allesamt der Appetit gründlich vergehen. Aber wo soll man sonst Tote in diesem Schiff lagern? So oft wird es nicht vorkommen, dass jemand seinen Urlaub nicht überlebt und bis zur Ausschiffung kann man ihn ja schlecht in seiner Kabine liegen lassen. Dann besser zwischen Lachs und Thunfisch.

Meine Finger schmerzen schon vor Kälte. Ich muss hier wirklich schleunigst raus. Vielleicht muss ich einfach noch mehr Lärm machen. Kurz entschlossen mache ich mich wieder auf den Weg zur Tür, schnappe mir einen der fast gefrorenen Lachse vom Haken, umklammere mit beiden Händen seine Schwanzflosse und beginne, mit voller Kraft gegen die Tür zu schlagen. Ich bilde mir ein, dass es etwas mehr Krach macht, als wenn ich nur mit den Fäusten gegen die Bordwand haue und es hat einen praktischen Nebeneffekt: Die Anstrengung lässt mich nicht gänzlich einfrieren. Ich wundere mich, was so ein gefrorener Fisch aushält – noch sieht er ganz manierlich aus, obwohl ich ihn schon ein Dutzend Mal gegen die Kühlhauswand geschmettert habe. Ich halte kurz inne und verschnaufe. Schweiß tritt mir auf die Stirn, der umgehend zu kleinen Eiskristallen gefriert, aus meinem Mund kommen stoßartig weiße

Atemwölkchen wie an einem kalten Wintertag.
Ich lasse den Kopf kurz hängen.

Klack. Ich höre, wie sich die Tür öffnet und im nächsten Moment ein stämmiger Mann in weißer Kochuniform, die einen ordentlichen Bauch umhüllt, vor mir steht.

»Was machen Sie denn hier? Und was machen Sie, um Gottes Willen, mit meinem schönen schottischen Wildlachs?«

Das Entsetzen steht ihm ins Gesicht geschrieben. Aber ich fürchte, es gilt mehr seinem malträtierten Edelfisch als mir.

»Gott sei Dank, dass Sie da sind!«, ächze ich und lasse erschöpft den Lachs fallen.

»Die Tür war von außen verriegelt. Ich konnte nicht mehr raus und hatte schon Angst, hier drin zu erfrieren. Deshalb musste ich mir irgendwie Gehör verschaffen.«

Der Koch schaut mich skeptisch an.

»Mit meinem Wildlachs«, stellt er lakonisch fest.

Ich nicke.

Dann tritt er zur Tür und bewegt den Griff – er lässt sich sowohl von außen als auch von innen ganz leicht bewegen.

»Hier war nichts verriegelt«, stellt der Koch fest, macht eine kurze Pause und setzt dann reichlich genervt an: »Reicht Ihnen das Animationsprogramm an Board nicht aus? Müssen die Touristen jetzt auch noch mein Kühlhaus in Beschlag nehmen und mit Lebensmitteln um sich schlagen? Schauen Sie sich den Fisch an! Den kann ich vergessen! Da kann ich höchstens noch 'ne Fischfrikadelle draus machen! Wissen Sie eigentlich, was das Kilo im Einkauf kostet? Wissen Sie das? Nein, wissen Sie nicht. Ist Ihnen ja auch egal. Ist ja alles ›all inclusive‹. Kein Respekt mehr vor den Lebensmitteln. Kein Respekt mehr!«

Er hat sich ganz schön in Rage geredet und sieht nicht so aus, als würde er mir auch nur ein Wort meiner Erklärung oder Entschuldigung glauben. Ich sollte sehen, dass ich hier wegkomme.

»Ich … also … Es war wirklich ein Notfall und ich wusste mir nicht anders zu helfen«, sage ich, während ich mich langsam an ihm vorbei Richtung Ausgang bewege.

Er sieht mich wieder aus der Mischung aus Skepsis und Abfälligkeit an.

»Und auf die Idee, einfach den Notknopf zu drücken, der da links neben der Tür angebracht ist, sind Sie nicht gekommen, hm?«

Er deutet auf einen roten Knopf, der an der Wand hängt, ein wenig verdeckt vom Verbandskasten und von einer leichten Eisschicht überzogen, die aus dem leuchtenden Rot ein zartes Rot macht. Wie das Kaninchen vor der Schlange starre ich auf den Knopf und habe keine Ahnung, wie ich den – trotz der frostbedingten Blässe – übersehen konnte.

»Wenn Sie jetzt ganz schnell verschwinden, werde ich keine Meldung an den Kapitän machen. Sie haben im Crewbereich nichts zu suchen! Und schon gar nichts im Fischkühlhaus!

Ich könnte Sie am nächsten Hafen ausschiffen lassen! Und jetzt raus aus meinem Kühlhaus!«, schreit mich der Koch an.

Ich hebe entschuldigend die Hände und sehe zu, dass ich Land gewinne.

Als ich wieder auf das Oberdeck in die wärmende Sonne trete, merke ich erst, wie durchgefroren ich bin. Ein Saunagang wäre jetzt genau das richtige, aber die Vorstellung, Charly oder dem Marokkaner dort zu begegnen, lässt mich sofort wieder frösteln.

»Lissie! Wo kommst du denn her?«

»Und wie siehst du denn aus?«

»Ist dir kalt?«

»Du bist ja ganz blass!«

Tim und Tobi stehen perfekt gestylt in ihren Badeklamotten vor mir und haben beide ein Handtuch über die durchtrainierten Schultern geworfen. Ich kann ihnen nicht direkt antworten, denn meine Zähne klappern zu heftig, als dass da noch ein Wort zum Aussprechen dazwischen passen würde. Tim fasst mir an den Arm, verzieht augenblicklich das Gesicht, nimmt sein Handtuch, hängt es mir über die Schultern und sagt bestimmend:

»Liebchen, du bist ja kalt wie ein Fisch! Du brauchst jetzt dringend was Wärmendes und dann musst du uns erzählen, wo du jetzt schon wieder reingeraten bist.«

Er tritt hinter mich, nimmt meine handtuchbedeckten Oberarme in seine Hände und schiebt mich zur nächsten Poolbar.

»Drei Caipi!«, ordert er bei dem Barmann, der keine Miene verzieht, obwohl es gerade mal kurz nach zwölf ist. Wir sind wohl nicht die Einzigen, die sich mittags schon einen Drink genehmigen. Kreuzfahrer verfügen scheinbar allesamt über eine stabile Leber.

Mein Verstand sagt mir, dass eine heiße Dusche mich bestimmt gesünder wärmen würde, aber der Schock darüber, dem Kältetod knapp von der Schippe gesprungen zu sein, macht sich gerade in mir breit, und lässt mich keine rationalen Entscheidungen treffen.

Ich nippe am Caipi, der sich augenblicklich warm in mir ausbreitet. Ich nehme einen zweiten Schluck und beginne Tim und Tobi die Kühlhausstory zu erzählen.

»Ich weiß jedenfalls schon, was ich heute Abend nicht esse«, resümiert Tobi trocken, nachdem ich meinen Bericht beendet habe.

Tim sieht ihn strafend an. »Jetzt lass doch mal den ollen Fisch!«

»Aber ich habe schon wieder Hunger!«, gibt Tobi leicht schmollend zurück. Hunger auf einem Kreuzfahrtschiff? Das ist eigentlich unmöglich bei dem Angebot – man kann hier immer irgendetwas essen. Aber wenn es einer schafft, trotzdem noch hungrig zu sein, dann ist es Tobi. Nicht umsonst hat er in Köln in seinem Freundeskreis den Spitznamen »Büfettfräse«.

»Was willst du jetzt machen?«, fragt mich Tim und ich zucke mit den Schultern.

»Ich werde es Kommissar Loch berichten,

obwohl ich mir sicher bin, dass er mir wieder Mal nicht glauben wird.«

Ich niese.

»Noch einen Caipi!«, ordert Tim. Der Barmann nickt und unverzüglich steht ein weiterer Cocktail vor mir.

Ich sehe den Caipi an, nehme einen Schluck, aber er schmeckt mir nicht mehr. In diesem Moment merke ich, wie langsam aber sicher eine Erkältung von meinem Körper Besitz ergreift. Ich stelle mein Glas ab und stehe auf. Ich merke, dass die Wärme in meinem Körper nur ein Trugschluss ist, den mir der Zuckerrohrschnaps vorgaukelt. Ich muss dringend heiß duschen.

»Jungs. Danke für Zuhören, aber ich muss mich kurz mal hinlegen. Entschuldigt mich doch bitte bei meinen Eltern, wenn ihr sie seht.«

»Die werden sich wahrscheinlich direkt beschweren, dass du keine Fotos vom Eisschnitzerevent gemacht hast, während sie on tour waren«, sagt Tim grinsend.

Ich nicke, hebe noch einmal grüßend die Hand und lasse Tim und Tobi einfach sitzen. Sonst komme ich hier nie weg.

Ich niese noch fünfmal, bis ich endlich in meiner Kabine angekommen bin.

Krank

Als ich am nächsten Morgen aufwache, weiß ich, dass es mich total erwischt hat. Trotz heißer Dusche und einem ausgedehnten Mittagsschlaf konnte sich mein Körper gegen das Wechselbad der Extremtemperaturen nicht mehr wehren. Erst die Tortur in der Sauna, dann die unfreiwillige Arktisexpedition ins Kühlhaus, dazu eine urlaubsreife Grundkonstitution: Perfekter Nährboden für eine ausgewachsene Erkältung.

In meinem Kopf pocht es, meine Nase läuft, der Hals kratzt. Und ich weiß: Wenn ich von diesem Urlaub noch etwas Erholung haben will, muss ich zu dieser blöden Schiffsärztin, um mir ein Wundermittel der Pharmaindustrie verschreiben zu lassen.

Ich rapple mich auf und suche in den Passagierinformationen nach den Öffnungszeiten des Bordkrankenhauses.

»Täglich von 8 bis 10 Uhr und von 16 bis 18 Uhr«, lese ich im hochmodernen Kabinen-TV-Programm. Ich schaue auf die Uhr und habe noch schlechtere Laune. Es ist 9:30 Uhr – ich habe damit die Wahl zwischen Frühstück oder Doktor und muss mich wohl für die Ärztin entscheiden. Und dabei habe ich echt Hunger. Meine Freundinnen können alle eine Krankheit als perfekten Diät-Auftakt nehmen, da sich parallel zum Schnupfen automatisch auch Appetitlosigkeit einstellt. Bei mir funktioniert das leider nicht. Selbst bei Magen-Darm-Grippe bringe ich es fertig, mir eine Portion Spaghetti Bolognese zu kochen. Mein Verdauungstrakt ist gegen jegliche Appetitlosigkeit schlicht und ergreifend immun. Und da das Frühstück meine Lieblingsmahlzeit am Tag ist – und auf diesem Schiff ist das Angebot einfach nur gigantisch –, bedaure ich es gerade doppelt, mich auf leerem Magen mit dieser Carola rumärgern zu müssen. Und so habe ich die Wahl: Pest oder Cholera – Arztbesuch oder einen weiteren halben Tag schniefend und hustend in der Kabine.

Ich schmeiße mich also in Hoodie und Sporthose, bewaffne mich mit einem Päckchen Taschentücher und mache mich auf dem Weg zur Schiffsärztin Richtung Unterdeck. Fünf Minuten später stehe ich vor dem Schiffshospital. Ich klopfe und trete auf ein freundliches »Ja, bitte« in die dann doch eher kleine Praxis. Ein »Hospital« hätte ich mir deutlich größer vorgestellt. Immerhin habe ich Glück: Das Wartezimmer, das aus genau drei Stühlen besteht, ist leer.

»Was kann ich für Sie tun? Ach herrje! Ich seh's schon. Nehmen Sie kurz Platz, ich sage der Frau Doktor Bescheid.«

Ich nicke der kleinen, dicken Sprechstundenhilfe zu, die sich heute Morgen erst in ihre Uniform und dann hinter den ebenfalls sehr kleinen Schreibtisch gequetscht hat. Der Platz auf einem Kreuzfahrtschiff ist begrenzt, da hilft es, wenn auch der eigene Körper nicht zu viel Raum einnimmt. Sie tut mir direkt ein bisschen leid, weil ich mir selbst in den engen Kajüten automatisch zu groß und zu schwer vorkomme.

Carola Reinhardt, die mir nun entgegen tritt, kennt diese Probleme nicht. Die weiße Hose und das dazu passende, ebenfalls weiße Polo-Shirt sitzen perfekt und sie sieht aus wie das blühende Leben – genau das Gegenteil von mir, der durchhängenden Schnupfennase. Sie schaut mich überrascht an und versucht, freundlich zu lächeln, aber ich wittere schon wieder einen Hauch von Überheblichkeit um ihre Mundwinkel. Ich fühle mich direkt noch kränker.

»Sie sehen aber nicht gut aus«, sagt sie und ich denke:

Das weiß ich selbst, du dumme Schnepfe.

Statt es auszusprechen, nicke ich und schnäuze geräuschvoll in mein Taschentuch. Das macht ihr die Diagnose doch viel leichter.

»Dann kommen Sie mal rein«, sagt sie und macht eine, für ihre Verhältnisse, einladende Handbewegung.

Ich folge ihr schlurfend in den Behandlungsraum, der aus dem gleichen Mini-Schreibtisch wie der aus dem Vorzimmer, einem Stuhl und einer Liege besteht, die mit einer Papierbahn bedeckt ist. Ich schaue mich um und setze mich kurzerhand auf die Liege – wo sollte ich sonst auch hin? Neben mir wurden diverse Apothekerschränke integriert – jeder Zentimeter des Raumes ist optimal genutzt.

»Na, was haben wir denn?«, fragt die

Reinhardt im Majestätsplural. Ich sehe sie an und ziehe geräuschvoll die Nase hoch.

»Ich weiß nicht, was Sie haben, aber ich habe mir wohl eine Erkältung eingefangen. Glaube ich. Aber ich habe ja kein Medizinstudium.«

Die Krankheit konnte meinem Sarkasmus nichts anhaben. Im Gegenteil.

Sie versucht, professionell nett zu bleiben, aber ihr Gesicht verrät mir, dass sie auch nicht scharf darauf ist, mit mir mehr Zeit zu verbringen, als nötig.

»Haben Sie Fieber?«

Ich zucke mit den Schultern.

»Keine Ahnung. Ein Fieberthermometer gehört nicht zur Standardausstattung – jedenfalls nicht in den Balkonkabinen. Vielleicht ist das in den Suiten anders …«

Die Schiffsärztin quittiert den Unsinn, den ich rede, mit dem entsprechenden Blick, den ich ihr noch nicht mal verübeln kann.

Sie zieht ein Fieberthermometer aus einer Schublade, öffnet eine sterile Verpackung, steckt einen Plastikstopfen auf das Gerät und mir ins Ohr.

»37,8 Grad. Nur ein bisschen erhöhte Temperatur.«

Bevor ich wieder einen Spruch machen kann, ob sie sich sicher ist, oder ob das die Außentemperatur ist, klingelt ihr Smartphone. Sie wirft einen Blick auf das Display, runzelt die Stirn, nimmt es in die Hand und steht auf.

»Entschuldigung. Da muss ich kurz

drangehen.«

Sie wischt über das Display, um das Gespräch anzunehmen, verlässt dabei den Raum und zieht die Tür hinter sich zu.

Ich sitze etwas verloren auf der Liege und baumle gelangweilt mit den Beinen, als wäre ich fünf Jahre alt. Dazu passend steigt eine kindliche Neugier in mir auf und ich sehe mich im Raum um. Kurz entschlossen ziehe ich einen der Apothekerschränke neben mir auf und sehe hinein. Ordentlich sortiert befinden sich diverse Medikamente in den unterschiedlichen Etagen. Sollte Frau Doktor so was nicht verschlossen halten? Ich schiebe den Schrank zu und den nächsten auf. Hier liegen in den verschiedenen Fächern diverse Verbandsmaterialien, Pillendöschen, Cremetiegel, blaugestreifte Plastiktütchen in diversen Größen, Spritzen und Pflaster – es ist tatsächlich alles da, was man in einer Arztpraxis erwarten würde.

Die Tür geht auf und noch bevor ich den Apothekerschrank wieder zuschieben kann, steht die Reinhardt im Raum.

»Was machen Sie denn da? Das geht Sie gar nichts an! Schnüffeln Sie hier rum, oder was?«, herrscht sie mich an und schließt dabei schnell den Schrank. Ihr Gesicht ist von einer Sekunde kalkweiß geworden, und ich frage mich, wer hier die Kranke im Raum ist. Wenn die Medikamentenschublade offen gestanden hätte, könnte ich ihren Unmut ja verstehen, aber so hab ich mir doch nur leere Schachteln, Tütchen und Mullbinden angesehen.

Sie öffnet hektisch eine dritte Schublade, holt zwei Päckchen heraus, drückt sie mir in die Hand und verschließt alle Schränke mit einem Schlüssel, den sie aus ihrer Hosentasche zieht.

»Hier. Das müsste helfen. Und ansonsten: Schonen Sie sich.«

Sie bleibt auffordernd vor ihrem Schreibtisch stehen.

Ich werfe einen Blick auf die beiden Medikamentenschachteln. Die Produkte hätte mir mein Hausarzt wohl auch verschrieben, obwohl der sicher gründlicher in seiner Anamnese gewesen wäre. Da ich aber keine große Lust verspüre, länger als nötig die Gesellschaft von Carola Reinhardt in Anspruch zu nehmen, huste ich ein »Danke« und verlasse das Schiffshospital.

Mich in der Kabine in mein Bett zu legen: Das habe ich nicht übers Herz gebracht. Die Sonne lacht vom Himmel, die Temperaturen sind angenehm, und wie würde meine Mutter sagen: »Kind, du musst e bissi an die frische Luft.«

Also habe ich eine erste Dosis der Erkältungsmedikamente eingeworfen, ein paar Sachen in meine Badetasche gepackt und mir eine Liege am Pool gesucht. Wenn mein erkältungsvernebeltes Hirn es sich richtig gemerkt hat, müssten meine Eltern heute mit dem E-Bike über Lanzarote rollen, so dass ich erst gar nicht nach ihnen Ausschau halten brauche, und sicher bin, auf dem Schiff meine Ruhe zu haben.

Ich döse auf einer Liege und beobachte ein bisschen meine Mitreisenden. Die Schwimmmutti schreit schon wieder ihren armen Sohn an, und ich bilde mir ein, dass der vor lauter Frust über Nacht noch zehn Pickel mehr bekommen hat. Oder vielleicht sogar zwölf. Während ich so vor mich hin sinniere, ob das Meerwasser im Pool die Akne noch befördert oder sie stattdessen abklingen lassen müsste, döse ich weg.

»Guuuuuten Mittaaaaag, meine Daaaamen und Herrren!«, reißt es mich mit 120 Dezibel wenig später aus meinem vorgezogenen Mittagsschlaf. Ich habe mich wirklich erschrocken, mein Herz pocht und ich muss mich kurz orientieren, wo ich eigentlich bin.

»Ich hoffe, Sie haben eine entspannte Zeit auf unserem Schiff«, schreit der Chefanimateur in sein Mikro.

»Finde den Fehler im Satz«, nuschle ich immer noch etwas benommen vor mich hin.

»Auf vielfachen Wunsch darf ich Ihnen heute erneut unsere indonesischen Eisschnitzer mit ihrer spektakulären Vorführung präsentieren.«

Wie zur Bestätigung lassen die Eisschnitzer kleine Motorsägen aufheulen und beginnen sofort, die gefrorenen Blöcke grob zu bearbeiten. Und das alles etwa zehn Meter neben meinen Gehörgängen. Laut seufzend lasse ich mich gegen die Rückenlehne meiner Liege fallen und schließe kurz die Augen.

»Du hättest ja auch mal ein Bild machen können, wenn wir die Eisschnitzer schon wieder verpassen und du sowieso direkt danebenliegst«, tönt meine Mutter vorwurfsvoll in meinen Gedanken. Ich öffne die Augen, setze mich auf und greife zu meinem Smartphone. Warum sollte ich meinen Eltern nicht eine kleine Freude machen, wenn ich hier schon rumliege und an Schlaf in den nächsten Minuten auch nicht zu denken ist?

Um die schnitzenden Indonesier hat sich bereits ein kleiner Pulk von Schiffstouristen gebildet – natürlich hat jeder von ihnen eine Kamera oder sein Handy im Anschlag – und beobachtet, wie nach und nach aus den Blöcken filigrane Eisskulpturen entstehen. Heute kristallisieren sich Schildkröten und Delphine aus dem Eis. Ich nutze eine kleine Lücke zwischen zwei Pensionären, die ihrem Dialekt nach aus dem Ruhrpott zu kommen scheinen, und schlüpfe in die erste Reihe, um mir eine erstklassige Fotoposition zu sichern. Ich öffne meine Kamera-App und beginne, die ersten Bilder zu schießen. Schade, dass ich meinen richtigen Fotoapparat in der Kabine gelassen habe. Aber es lohnt sich nicht, ihn jetzt noch zu holen, denn bis ich wieder da wäre, würde die Vorführung schon beendet sein.

Ich schaue also auf das Display, stelle das Bild scharf und mache ein paar Aufnahmen: Von dem Eisdelfin und einer der beiden gefrorenen Schildkröten, dem Moderator in Nahaufnahme, vom Gesamtpanorama, mit und ohne Schnitzer. Ich zoome, um die Protagonisten besser einfangen zu können, und sehe in ein grimmiges Gesicht des Indonesiers, dem ich gestern gefolgt bin. Ich drücke schnell noch einmal ab – wer weiß, für was es gut sein könnte, das ich ihn auf einem Bild habe.

»Meine Daaaaamen und Heeeerrren, und schon wurden aus kaltem Eis entzückende Figuren! Einen großen Applaus für unsere beiden Crewmitglieder! Gleich machen sich die beiden wieder auf den Weg in die Küche, um ihr Können auch kulinarisch umzusetzen: Aus einfachem Obst werden sie herrliche Kunstwerke für unser Abendbüfett zaubern.«

Die Menge applaudiert, die Indonesier verbeugen sich und einige Touristen stehen schon Gewehr bei Fuß, um die Künstler persönlich danach zu fragen, wie lange sie für das Erlernen dieser Fähigkeit gebraucht haben, ob sie Heimweh haben, oder ob es nicht einen Insider-Tipp gibt, wie man selbst in der heimischen Küche eine Orange schnell und einfach in eine Ente verwandeln kann. Dann wird noch ein Selfie gemacht und man kann den Daheimgebliebenen stolz erzählen, dass man jetzt einen Eisschnitzer aus Indonesien zu seinen engen Freunden zählt.

Ich warte auf ein Meet & Greet mit den Eisschnitzern. Allerdings will ich die Gelegenheit nutzen, den Indonesier zur Rede zu stellen, warum er mich in das Kühlhaus gesperrt und mir damit eine fette Erkältung eingebrockt hat. Ich überbrücke die Wartezeit und schnäuze wie zur Untermalung meiner Gedanken laut in ein Taschentuch. Gerade, als ich an der Reihe bin, drängelt sich das Ruhrpott-Paar an mir vorbei und stellt sich zwischen mich und die Eisschnitzer.

»Hömma, Manfred, mach ma 'ne Fotto!«, ruft die Frau aus, die sich als Tana Schanzara-Double prima was dazu verdienen könnte, während sie ihrem Mann eine digitale Kleinbildkamera in die Hand drückt. Sie hakt den anderen Eisschnitzer unter, der nicht so recht weiß, wie ihm geschieht, aber eine der grundlegenden Tourismusregeln brav befolgt: Immer lächeln.

»Ach, Gerburg, du musst doch dat wissen, dass ich dat nit kann. Ich krich die Pimpanellen!«

»Tuste getz dich ma widder anstellen, Manni!«, sagt seine Frau vorwurfsvoll ohne den Indonesier aus dem Schwitzkasten zu lassen.

»Junge Frau«, Manni dreht sich zu mir um und sieht mich bittend an: »Würden Sie mal 'nen Bild von uns knipsen?«

Ich lächle und nehme ihm die Kamera ab. Tu ich doch gerne, denke ich, halte aber lieber meine Klappe.

Gerburg freut sich auch und winkt ihren Mann zu sich.

»Spitzenidee, Schätzeken, dann komm' ma lecka bei uns bei!«

Manni tut, wie ihm geheißen, und hakt sich auf der anderen Seite des Eisschnitzers ein. Ich nehme die drei ins Visier und mache das gewünschte Gruppenbild. Aus dem Augenwinkel sehe ich, wie der Indonesier, den ich eigentlich zur Rede stellen wollte, bereits seine sieben

Sachen unter den Arm geklemmt hat und sich aufmacht zu gehen. Mit einem Lächeln halte ich Gerburg ihre Kamera hin. Statt sie zu nehmen, hüpft sie aufgeregt neben den Delphin und ruft: »Schätzeken, watt is dat nett von dich! Mach doch noch 'ne Fotto mit dat Tier!«

Sie steht bereits wieder in Pose – Ruhrpott meets Flipper. Ein Traum.

Ich schaue durch den Sucher und mache zur Sicherheit direkt drei Bilder, in der Hoffnung, dass mein Fotografenjob jetzt erledigt ist. Der andere Eisschnitzer hat sich schon einige Schritte vom Pool entfernt.

Ich drücke Manni die Kamera in die Hand, bevor Gerburg auf neue Ideen für weitere Motive kommt und hebe zum Gruß die Hand.

»Danke, Schätzeken, da tun wir ein Weinchen an der Bar drauf trinken!«, ruft Gerburg und Manni ergänzt.

»Oder en Pilsken. Denn dat schönste am Wein is dat Pilsken danach, wat?«

Beide lachen laut und ich solidarisch mit, während ich mich auf den Weg mache, den Eisschnitzer zu verfolgen.

Er hat schon einen komfortablen Vorsprung und ich fürchte, dass er mir entwischen wird. Mit einem ordentlichen Stechschritt walke ich hinter ihm her. Er will gerade durch die mir schon bekannte Tür in den Crewbereich, als er die Hand in seine Hosentasche schiebt und offensichtlich etwas nicht findet, das er dort erwartet hätte. Er stößt einen Fluch aus, den ich allerdings nicht höre – er ist zu weit weg. Er legt seine Schnitzwerkzeuge ab und kommt mir wieder entgegen, dabei blickt er suchend auf den Boden des Decks. Ich bleibe stehen und automatisch tue ich es ihm gleich – auch ich blicke zu Boden und suche das Deck nach dem ab, was er verloren zu haben scheint. Ich sehe an mir herunter und direkt vor mir liegt ein kleines Plastiktütchen mit einem blauen Streifen. Das gleiche, das ich gestern in der Kühlkammer gefunden habe, und in die Tasche meiner Shorts gesteckt hatte. Ich bücke mich, hebe das Tütchen auf, greife mit der anderen Hand in meine Hosentasche und ziehe den Beutel heraus, der dort immer noch drinsteckt. Durch die Erkältung und in dem ganzen Trubel hatte ich das völlig vergessen. Ich sehe auf meine Handfläche, in der die zwei Tütchen liegen, die beide mit der gleichen Menge weißer Kristalle gefüllt sind. Wo habe ich denn nur diese Beutel schon mal gesehen?

 Ich blicke auf. Der Indonesier ist auf halbem Weg stehengeblieben. Ihm ist wohl nicht entgangen, dass ich gefunden habe, was er gesucht hat. Er starrt mich kurz an, dann dreht er sich um, läuft rasch zum Creweingang, schnappt sein Werkzeug, und verschwindet im Mitarbeiterbereich.

 Ich lasse die beiden Päckchen wieder in meiner Hosentasche verschwinden und mache mich auf den Weg zur Kabine von Kommissar Loch. Jetzt habe ich wortwörtlich etwas in der Hand.

»Na, schöne Frau, wohin des Weges?«

Als ich kurz darauf am Fitnessbereich vorbeigehe, steht plötzlich Charly vor mir und versperrt mir grinsend den Weg.

»Du hast dich noch gar nicht an meinem Arbeitsplatz sehen lassen! Keine Lust auf Sport?«

»Ich bin krank«, sage ich entschieden und ziehe wie zur Bestätigung die Nase hoch.

»Och, du armes Hascherl«, heuchelt Charly Mitleid und noch bevor ich weiß, wie mir geschieht, nimmt er mich in den Arm, drückt mich an sich, und streichelt mit seinen Händen über meinen Rücken und meinen Po. Dabei presst er mich so fest an seine Brust, dass mein Gesicht halb zerquetscht wird und sich dabei meine Nase verbiegt.

»Äh, Scharlieee …«, sage ich mehr zu seinem Shirt als zu ihm und versuche, dabei nicht zu ersticken. Ich merke, wie Rotz aus meiner Nase auf seine Kleidung sabbert. Selbst schuld. Was ist denn plötzlich mit dem los?

Er fummelt an mir rum und ich spüre seinen Atem an meinem Ohr. Allein die Vorstellung, dass er wieder seine Zunge in meine Gehörmuschel stecken könnte, lässt mich ungeahnte Kräfte entwickeln. Ich winde mich hin und her, bis ich endlich seiner Umklammerung entkomme.

»Was ist denn in dich gefahren?«, herrsche ich ihn an und wische mir dabei atemlos die roten Locken aus dem Gesicht.

»Darf ich eine alte Freundin nicht einfach mal tröstend in den Arm nehmen?«, sagt er – für meinen Geschmack etwas zu ironisch.

Wir sehen uns an und für einen Moment herrscht Stille.

Dann sage ich: »Charly Seifert! Ich weiß nicht, was du im Schilde führst, aber wenn es was mit dem Tod von Daniel Kaiser oder Max Hollenhuber zu tun hat, dann kriege ich es raus!«

»Also Lissie, jetzt echt! Sowas denkst du von mir?«, entgegnet er entrüstet, sieht mich dann mit ernster Miene an und flüstert: »Ich bin kein Mörder.«

Bevor ich noch etwas sagen kann, dreht er sich um und geht.

Ich bleibe noch einen kurzen Moment ratlos stehen, dann mache ich mich auf zur Kabine des Kommissars.

»Frau Sommer? Was kann ich für Sie tun?«

Der Kommissar steht nur in Badeshorts in der Tür seiner Kabine. Offenbar hatte er es sich in der Sonne auf seinem Balkon gemütlich gemacht. Ich muss schlucken und fühle mich bei dem Anblick dieses durch und durch gesunden durchtrainierten Männerbodys nun endgültig als körperliches Wrack.

»Kommen Sie doch rein. Tut mir leid, das sagen zu müssen, aber Sie sehen heute wirklich nicht gut aus.«

»Du siehst nicht gut aus«, nuschle ich, gehe an ihm vorbei auf den Balkon und lasse mich in einen der beiden Liegestühle fallen.

Er sieht fragend an sich herab.

»Ich verstehe nicht. Habe ich etwas übersehen? Haben Sie was gegen die Farbe meiner Boxershorts?«

Ich schüttle den Kopf.

»Nein, die ist super«, und schiebe schnell hinterher: »Aber als wir uns das letzte Mal verabschiedet haben, waren wir beim ›Du‹.«

»Ach so ... ja ...« Ich sehe, wie es in seinem Kopf arbeitet, und er sich krampfhaft zu erinnern versucht, wie es dazu kommen konnte.

Sieh an, sieh an, der korrekte Kommissar hat wohl einen kleinen Filmriss, denke ich und muss grinsen. Ich beschließe aber, ihn nicht mit Details zu quälen. Jetzt sind wir quitt – er hat mich nackt in der Sauna liegen gesehen, ich war Zeugin seines kleinen Absturzes. Stattdessen sage ich: »Mich hat eine Erkältung voll erwischt. Kein Wunder bei den dauernden Temperaturwechseln ...«

Sebastian antwortet nichts, setzt sich in den anderen Liegestuhl und sieht mich erwartungsvoll an. Ich putze mir ausgiebig die Nase und dann berichte ich ihm von meinem Ausflug in die Kreuzfahrtschiff-Kühlräume, das mysteriöse Treffen des Marokkaners mit dem Eisschnitzer und von meinem Ausbruchversuch mit Lachs, der mir das Leben gerettet hat. Er lauscht schweigend und geduldig – denn meine Erzählung wird immer wieder von Hustenanfällen unterbrochen. Dabei lässt sein Gesicht keine

Regung erkennen, aus der ich schließen könnte, was er von meiner Geschichte hält.

Als ich geendet habe, sieht er mich nachdenklich an und sagt:

»Warst du wegen deiner Grippe schon bei der Schiffsärztin?«

Ich starre ihn ungläubig an. Der Mann hat wirklich ein Talent für ein unpassendes Timing.

»Klar war ich bei der …« Ich will noch »dumme Kuh« sagen, verkneife es mir aber lieber.

»Richtig untersucht hat die mich nicht. Stattdessen ist sie rausgerannt und hat mich mit ihrem Medizinerzeug alleine sitzen lassen«, sage ich schmollend. Dann hellt sich meine Miene augenblicklich auf.

»Die Tütchen!«, rufe ich aus. Der Kommissar schaut nach wie vor ratlos.

»Welche Tütchen?«

»Na, die Drogentütchen! Die sehen genauso aus, wie die Beutel, die die Reinhardt im Schrank hat! Exakt! Und weißt du was? Dieses Mal kann ich's beweisen!«

Triumphierend greife ich in meine Hosentasche, um die Drogentütchen rauszuholen, und fühle: Nichts! Hektisch springe ich auf und greife in die andere Hosentasche. Auch nichts. Ich ziehe die Taschen von innen nach außen. Außer ein paar gebrauchten Taschentüchern sind sie leer.

Sebastian sieht sich das Schauspiel mit einem Gesichtsausdruck an, der mir verrät, dass er wieder Mal nicht weiß, was er von der ganzen Geschichte halten soll.

»Das gibt's doch nicht! Eben waren sie doch noch … Scheiße! … Charly!«

Weiterhin Fragezeichen im Gesicht des Kommissars.

»Na, Charly!!«, sage ich, als ob es das Selbstverständlichste von der Welt ist. Und schiebe dann doch erklärend hinterher:

»Wir haben uns eben getroffen! Er muss mir die Tütchen aus der Tasche genommen haben, als er mich umarmt hat!«

Als ich die Worte ausgesprochen habe, merke ich erst, dass sich das nun wiederum ein bisschen komisch anhört. Und das Gesicht von Sebastian bestätigt meine Befürchtung.

»Nein, nein, nein! Also nicht so, wie du denkst! Er hat mich abgepasst und mich dann an sich gedrückt.«

»Und du konntest dich nicht wehren«, stellt der Kommissar trocken fest. Ich nicke und realisiere, dass ich mich sogar zu krank für eine Diskussion mit Sebastian fühle. Mir geht es wirklich nicht gut. Ich müsste dringend eine neue Dosis Erkältungsmedikamente zu mir nehmen. Ich starte einen letzten Erklärungsversuch: »Ich habe keine Ahnung, was er urplötzlich wieder von mir will. Wahrscheinlich gar nichts. Bestimmt hat ihn der Eisschnitzer angerufen und auf mich angesetzt, denn der hat ja gesehen, dass ich das Tütchen auf dem Deck gefunden habe! Oh dieser Schuft! Und die Reinhardt hängt irgendwie auch mit drin!«

Entnervt lasse ich mich wieder in den Liegestuhl fallen.

»Lissie, hör mal«, Sebastian beugt sich zu mir rüber, nimmt meine Hände in seine, und sieht mir fest in die Augen. Ich zittere, bin mir aber nicht sicher, ob es Erkältungs-Schüttelfrost ist, oder das Bibbern von den warmen Händen des Kommissars ausgelöst wird.

»Du bist krank und solltest dich besser ins Bett legen. Wenn man Fieber hat, fällt das Klardenken ja oft ein bisschen schwer. Ich meine, Carola hat doch hier einen Traumjob. Ich kann mir nicht vorstellen, dass sie …«

Ich ziehe meine Hände weg und stehe abrupt auf. Ich kann nicht glauben, dass er wieder an meiner Aussage zweifelt und stattdessen dieses Biest verteidigt.

»Du hast recht! Ich werde ins Bett gehen!«, sage ich kühl. Und schiebe erklärend hinterher: »Und falls du immer noch meinst, ich hätte was mit Charly: Ich gehe alleine!«

Ich drehe mich schwungvoll um und stoße mir prompt das Knie am Bein des Liegestuhls. Ein heißer Schmerz durchfährt mich, aber ich beiße die Zähne zusammen und humple durch die Kabine zur Tür. Sebastian bleibt auf dem Balkon zurück. Kein Nachlaufen. Kein »Lissie, bleib doch.« So ein Mist. Hollywoodreife Abgänge liegen mir einfach nicht.

Verstaucht, versucht, verfüttert

Die Sonne scheint in meine Kabine und kitzelt mich mit ihren Strahlen wach. Ich blinzle und schaue auf die Uhr. Es ist kurz nach acht. Bereits am frühen Morgen müssen wir in Teneriffa eingelaufen sein. Das Schiff liegt ruhig da und es verspricht, ein Urlaubstag wie aus dem Bilderbuch zu werden.

Nachdem ich den Kommissar gestern Mittag verlassen hatte, wurde ich von der Erschöpfung gänzlich übermannt, so dass ich mich direkt in mein Bett gelegt habe. Urlaub hin oder her – ich brauchte Schlaf und wusste, dass mir das am schnellsten gegen eine Erkältung helfen würde. Schon als Kind half mir ein ausgedehnter Schlaftag bei einem grippalen Infekt am Allerbesten – manchmal schneller, als mir das selbst lieb war. Wenn meine Klassenkameraden eine Woche der Schule fern- und stattdessen im Bett bleiben konnten bis sie auch wirklich – ganz sicher! – wieder komplett keimfrei waren, war ich nach zwei Tagen wieder fit. Und damit gab es für meine Mutter keinen Grund, mich länger als nötig Zuhause zu pflegen. »Mach net so ein Geschiss!«, habe ich mehr als einmal gehört und das galt für diverse Lebenslagen.

Gegen sieben Uhr abends wurde ich dann doch noch einmal geweckt, weil sich meine Eltern immerhin telefonisch nach meinem Wohlergehen erkundigt hatten.

»Kind, trink einen Tee und bleib' im Bett. Dann geht's dir bestimmt morgen wieder besser«, riet sie mir ganz pragmatisch. Und erzählte mir noch – um mir dann doch ein bisschen die Nase lang zu machen –, dass sie auf dem Sprung seien, den Abend in einem der Spezialitätenrestaurants zu verbringen. Der nette Kapitän habe sie schon wieder eingeladen. Und die Einladung habe man gerne angenommen. Ich gönne meinen Eltern von Herzen die Extra-Behandlung, obwohl ich mir sicher bin, dass meine Mama auch ohne die kleinen Bestechungsversuche des Kapitäns über die tödlichen Vorkommnisse Stillschweigen halten würde. Aber dass meine Mutter durch und durch integer ist und ihr Kontakt zur Reisegesellschaft nur Judith aus unserem Reisebüro ist, kann der gute Herr Berggrün ja nicht wissen. Ich hoffe nur, dass er durch seine Großzügigkeit keinen Ärger mit seiner Compliance-Abteilung bekommt.

»Mir müsse los. Dein Vater hat Hunger. Un mir freue uns schon den ganze Tag auf des Steak!«, sagte sie noch zur Verabschiedung.

Für einen kurzen Moment überlegte ich, ob ich mich nicht doch aufraffen sollte, aber bei dem Gedanken an Dusche, Haarewaschen, Fönen, Schminken und vielleicht sogar noch Konversation mit dem Kapitän, meinen Eltern und weiteren Passagieren im gesetzten Alter, verließen mich erneut die Kräfte und selbst das saftigste Stück Fleisch ließ mich kalt. Die Erkältungsmedizin, die ich statt eines Abendessens einnahm, sorgte schnell dafür, dass ich kurz nach dem Telefonat wieder in einen langen, traumlosen Schlaf gefallen war.

Ich blinzle noch einmal und spüre in meinen

Körper hinein, ob die Erkältung noch da ist. Die Gliederschmerzen sind weg, ebenso wie der Druck in den Stirnhöhlen. Ich schnäuze mich ordentlich, setze mich im Bett auf und fühle mich besser, als ich zu hoffen gewagt hätte. Zudem fühle ich mich leicht wie eine Feder – seit dem gestrigen Frühstück gab es ja nur noch Tee und Pillen. Wie zur Bestätigung knurrt mein Magen laut und auffordernd. Also raus aus den Federn! Zeit, sich zu stärken.

»Liebchen, du siehst heute viel besser aus!«, sagt Tobi. Und Tim ergänzt mit einem Blick auf die beiden Teller, die ich in der linken Hand jongliere:

»Es scheint dir jedenfalls wieder zu schmecken …«

Ich gebe zu, dass ich – von einem unbändigen Hunger ferngesteuert – einmal den kompletten Querschnitt des Büfett-Angebots auf meine Teller geladen habe: Rührei mit Schinken, Obstsalat, Räucherlachs, Schokocreme, Müsli, Blauschimmelkäse und einen Pfannkuchen. Dazu ein Brötchen, ein Croissant und einen frisch gepressten Orangensaft: Wenn ich es nicht besser wüsste, könnte man meinen, ich sei schwanger.

»Wenn ich es nicht besser wüsste, würde ich meinen, du bist schwanger«, grinst Tim.

»Jungs, ihr könnt mir heute Morgen mit euren Sprüchen den Appetit nicht verderben. Und jetzt entschuldigt mich bitte, ich muss mit jemandem etwas besprechen.«

Ich lasse die beiden stehen. Suchend jongliere ich mein »All-you-can-eat«-Frühstück durch das Restaurant, bis ich schon von Weitem einen beigefarbenen Sommeranzug erblicke.

Georg Schneider sitzt, in sein Lachs-Kaviar-Frühstück vertieft, an einem Vierer-Tisch am Fenster. Eigentlich müsste ihm die Edelfisch-Rogen-Kombi schon aus den Ohren rauskommen, aber wahrscheinlich pfeift er sich das Zeug auf Vorrat rein – wer weiß, wann er wieder mal in den Genuss von solchen Delikatessen kommt. Das Leben als Detektiv scheint nicht immer ein Zuckerschlecken beziehungsweise ein Fischbüfett zu sein. Schnurstracks laufe ich auf ihn zu und stelle polternd meine Teller vor ihm ab. Erschrocken blickt er auf.

»Ich darf doch?«, stelle ich meine rhetorische Frage und lasse mich gleichzeitig schon auf dem Stuhl ihm gegenüber nieder.

»Natürlich, junge Frau, es ist mir ein Vergnügen. Bitte sehr«, sagt er und macht noch eine einladende Geste, obwohl ich schon Platz genommen habe.

Er sieht mich erwartungsvoll an, aber ich brauche erst ein paar Bissen, bevor ich loslegen kann. Ich kippe den Obstsalat in die Müslischale und schaufle ein paar Löffel in mich hinein. Georg Schneider sieht mir schweigsam zu.

Als ich endlich das Gefühl habe, nicht mehr gänzlich unterzuckert zu sein, starte ich die Konversation.

»Wie läuft es denn so mit Ihren Ermittlungen?

Kommen Sie gut voran? Wissen Sie inzwischen, ob der junge Max was auf dem Kerbholz hatte?«, will ich direkt von ihm wissen.

»Nun ja … also …«, stottert er verlegen und wird rot.

»Sie haben also nichts weiter rausbekommen«, sage ich ihm meine Vermutung auf den Kopf zu und sehe sofort, dass ich damit richtig liege.

»Das kann man so nicht sagen«, versucht er sich zu verteidigen, aber ich beschließe, ihn nicht weiter zu quälen.

»Wenn es Ihre Zeit heute zulässt, würde ich Sie gerne um einen Gefallen bitten, der Sie vielleicht bei Ihren Nachforschungen ebenfalls weiterbringen kann«, sage ich verschwörerisch und beginne, mir langsam und ausgiebig ein Brötchen mit Butter zu beschmieren und genüsslich eine dicke Schicht Blauschimmelkäse darauf zu verstreichen. Ich kann seinem Gesicht die Neugier ansehen, aber er lässt mich gewähren und wartet geduldig auf meine Erklärung.

»Sie haben ja auch schon vermutet, dass hier irgendwelche krummen Machenschaften vorgehen. Und ich vermute, dass auch die Schiffsärztin da mit drin hängt.«

»Frau Richard?«, fragt er erstaunt.

»Frau Reinhardt!«, korrigiere ich ihn. Wie kann dieser Detektiv überhaupt irgendetwas ermitteln, was Sinn für seine Klienten macht, wenn er sich noch nicht mal einfache Namen merken kann?

»Ach, ja richtig. Frau Reinhardt. Und Sie meinen, diese patente Frau führt etwas Unrechtes im Schilde? Ich kann mir das beim besten Willen nicht vorstellen. Die sieht doch so apart aus.«

Memo an mich selbst: Wenn ich im nächsten Leben Verbrecher werden will, sollte ich mir am besten ein Supermodelaussehen zulegen – damit macht man sich scheinbar bei allen Mitmenschen weniger verdächtig, als wenn man mit einem Buckel gestraft ist und eine Warze auf der Nase hat. Unsere Gesellschaft funktioniert wirklich nach erschreckend einfachen Mustern: Schön gleich erfolgreich und gut, hässlich gleich gemein und kriminell.

»Sollten Sie als Detektiv nicht die Erfahrung gemacht haben, dass man den Leuten nur vor die Stirn schauen kann und nicht dahinter, und Aussehen nichts über den Charakter aussagt?«, frage ich Herrn Schneider.

Er überlegt kurz und angestrengt. »Das mag sein. Aber Frau Richard …«

»Reinhardt!«, sage ich etwas lauter als geplant und verdrehe dabei die Augen. Einige Frühstücksgäste schauen neugierig zu uns herüber.

Ich nehme einen Schluck Kaffee und flüstere über die Tasse hinweg in Richtung des Detektivs: »Ich glaube, die Reinhardt ist in ein Drogengeschäft verwickelt!«

»Drogen?«, entfährt es Herrn Schneider

ebenfalls etwas zu laut. Wieder drehen sich Mitreisende zu uns um und ich kann sehen, dass sie bereits über uns tuscheln.

»Machen Sie doch gleich eine Borddurchsage!«, herrsche ich ihn an und der Detektiv zieht eingeschnappt den Kopf ein wie eine Landschildkröte.

»Also: Ich habe gesehen, wie zwei Crewmitglieder Tütchen mit weißen Kristallen ausgetauscht haben. Schade, dass mir die Tütchen geklaut wurden, sonst könnte ich sie Ihnen direkt zeigen. Es waren kleine Plastikbeutel mit einem blauen Streifen darauf.«

Herr Schneider fährt seinen Kopf wieder ein Stück aus seinem Hals aus.

»Sie waren im Besitz von Drogen? Sie wissen, dass das illegal ist!«, sagt er vorwurfsvoll.

Ich halte kurz inne und überlege mal wieder, dass eine staatlich anerkannte Prüfung für den Detektivberuf meiner Meinung nach durchaus Sinn machen würde. Und ob Herr Schneider sie bestanden hätte, bezweifle ich gerade stark.

»Natürlich weiß ich, dass das illegal ist. Denken Sie, ich hätte mir die gekauft? Ich hab sie gefunden!«

»Gefunden? Wo findet man denn hier Drogen? Und woher wollen Sie dann wissen, dass es sich tatsächlich um Drogen gehandelt hat? Man könnte es ja auch mit einem Arzneimittel zu tun haben«, entgegnet er aufmüpfig – so, wie es kleine Kinder tun, wenn sie bereits wissen, dass sie nicht recht haben, es aber noch nicht zugeben wollen.

»Wegen eines Medikaments hätte man sicher nicht versucht, mich in der Kühlkammer schockzufrosten!«

»Wie bitte?«

Ich winke ab. Die Geschichte erzähle ich ihm ein anderes Mal.

»Jedenfalls habe ich genau diese Tütchen bei der Schiffsärztin im Medikamentenschrank gesehen!«

»Wieso haben Sie denn in den Medikamentenschrank von Frau Richard geschaut?«

Ich starre ihn an und ziehe die Augenbraue hoch.

»Mich hatte eine Erkältung erwischt und deshalb war ich bei der REINHARDT…«, ich betone den richtigen Namen der Ärztin noch einmal ausführlich, »… in der Praxis. Und dort habe ich die Beutel gesehen.«

Der Detektiv sieht mich immer noch ungläubig an – vielleicht weiß er nicht, was er von der ganzen Sache halten soll. Vielleicht versteht er auch nur die Zusammenhänge einfach nicht. Aber es hilft alles nichts: Ich brauche ihn heute, damit ich bei meinen Ermittlungen weiterkomme.

»Kann ich jetzt auf Sie zählen oder haben Sie etwas Besseres vor?«, frage ich ihn ungeduldig.

Er überlegt kurz, dann nickt er.

»Wie kann ich Ihnen behilflich sein?«

»Whale Watching? Echt?« Ich sehe meine Eltern ungläubig an. Da kennt man seine Erziehungsberechtigten fast vierzig Jahre und trotzdem schaffen sie es, mich immer wieder zu überraschen – besonders während dieser Reise.

Meine Mutter nickt und strahlt über das ganze Gesicht.

Nachdem ich die Einzelheiten meiner Ermittlungsidee mit dem Detektiv Schneider besprochen, und ihn auf direktem Weg ins Schiffshospital geschickt hatte, standen meine Eltern plötzlich am Frühstückstisch und ließen sich mir gegenüber nieder.

»Heute Mittag geht's los. Man soll hier gute Chancen haben, Wale und Delphine live zu sehen! Ich bin schon ganz uffgeregt! Sonst sieht man die ja nur im Fernsehen in denen Dokus, die mir mittags nach dem Essen angucke und bei dene dein Vater seinen Expresso trinkt. Un da du heut schon wieder viel besser aussiehst, haben wir dir schnell noch einen Platz nachgebucht. Des geht sonst net, aber mir habe den Kapitän gefragt und dann ging es plötzlich doch. Man muss eben nur die richtige Leut kenne«, verkündet sie stolz.

Über meinem Gesicht breitet sich ein Lächeln aus. Manchmal geht mir der Aktionismus meiner Mutter auf den Geist und ich werde ihr wohl auch nicht mehr angewöhnen, dass es »Espresso« und nicht »Expresso« heißt. Aber manchmal hat sie einfach nur die großartigsten Ideen, wie sie nur Mütter haben können, die ihre Töchter eben auch schon fast vierzig Jahre kennen.

»Un stell dir vor: Der nette Kommissar kommt auch mit!«, sagt sie stolz und mein Vater ergänzt: »Gelegenheiten warten nicht! Sagte schon der alte Thukydides!«

Mein Lächeln wird etwas schmaler. Daher weht also der Wind. Meine Eltern nehmen wirklich jede Chance war, mich mit Sebastian verkuppeln zu wollen. Aber ich muss mir selbst eingestehen: Ich freue mich darauf, dass er dabei sein wird – auch, wenn er mir meine Drogen-und-Frau-Reinhardt-Story noch nicht abnimmt. Aber ich werde ihm die Beweise schon noch liefern.

Wir sitzen noch immer beim Kaffee zusammen, lassen das Frühstück ausklingen, und mein Vater liest aus seinem Reiseführer vor, welche Arten von Meeresbewohnern uns heute möglicherweise noch begegnen, als plötzlich wieder der Detektiv auf unseren Tisch zusteuert. Ich sehe auf die Uhr. Es ist keine halbe Stunde her, als er sich verabschiedet hat, um in der Praxis von Carola Reinhardt zu ermitteln. Ich hatte ihm aufgetragen, einen verstauchten Fuß zu simulieren und einen genauen Blick in den Medikamentenschrank zu werfen, wenn sie einen Verband herausnehmen würde. Idealerweise sollte der Detektiv sie kurz ablenken und eines der betreffenden Tütchen einstecken, damit wir es mit einem eventuellen erneuten Drogenfund abgleichen könnten.

Georg Schneider humpelt durch den Frühstücksraum und ich ahne Schlimmes. Nicht nur, dass er ganz blass um die Nase ist, nein, er humpelt auch mit dem falschen Fuß. Wir hatten besprochen, dass er rechts die Verletzung vortäuschen solle, damit er links besser in den Schrank schauen könne. Jetzt zieht er das linke Bein nach – ich bin gespannt, was passiert ist. Und warum humpelt er überhaupt noch?

»Herr Schneider! Was ist passiert? Haben Sie was herausgefunden?«, frage ich ihn, als er sich erschöpft auf den Stuhl neben mir fallen lässt.

»Sie sehen aber net gut aus«, sagt meine Mutter besorgt und ich muss ihr zustimmen. Von Nahem wirkt er wirklich krank. Kalter Schweiß steht auf seiner Stirn und seine Gesichtsfarbe wetteifert mit dem Weiß der Tischdecke.

»Wasser …«, stöhnt er, als wäre er gerade eine Woche durch die Sahara marschiert. Ich verstehe gar nicht, was in einer halben Stunde passiert sein könnte, dass er so mitgenommen aussieht. Vielleicht habe ich ihn ja doch noch mit meiner Rest-Erkältung angesteckt. Damit wäre der Fall natürlich klar: Dann handelt es sich um »TMS« – »Tödlicher Männerschnupfen« – ohne Aussicht auf Heilung. So empfinden es jedenfalls die meisten Herren der Schöpfung, wenn sie eine Erkältung erwischt hat.

Mein Vater stellt ein Glas Wasser auf den Tisch, das er rasch aus dem Getränkespender geholt hat.

Dankbar nickt Herr Schneider, nimmt das Glas und trinkt einen großen Schluck. Augenblicklich gluckert und rumort es so laut in seinem Bauch, dass wir uns erstaunt anschauen. Vielleicht freuen sich die vielen Fischeier, die

Herr Schneider zum Frühstück verzehrt hat, über die Wasserzufuhr. Man sagt ja: Fisch muss schwimmen. Ich beschließe, das Magengrummeln des Detektivs aber erst einmal zu ignorieren.

»Also, konnten Sie etwas herausfinden?«, hake ich noch einmal nach.

Georg Schneider zieht ein altmodisches Stofftaschentuch aus seiner Hosentasche und wischt sich damit den Schweiß von der Stirn. Nachdem er es eingesteckt hat, beginnt er zu erzählen.

»Nun. Ich ging also in das Schiffshospital und habe mich bei der netten Vorzimmerdame nach einer Möglichkeit eines sofortigen Termins erkundigt. Dies konnte sie arrangieren, und so klagte ich Frau Richard mein Leid mit dem wehen Fuß.«

»Wer ist Frau Richard?«, fragt meine Mutter.

»Er meint Frau Reinhardt«, erkläre ich ihr.

»Wieso nennt er sie denn dann Frau Richard?«, bohrt meine Mutter nach.

»Mama! Das ist doch jetzt egal. Lass ihn bitte weitererzählen.«

Eingeschnappt kräuseln sich ein paar Falten um den Mund meiner Mutter, aber darauf kann ich jetzt keine Rücksicht nehmen.

Georg Schneider trinkt erneut einen Schluck Wasser und wieder gluckert es lautstark in seinen Gedärmen.

»Nun, ich zeigte ihr also den linken Fuß und sie ließ mich ein paar Mal in ihrer Praxis auf- und abgehen. Ich muss gestehen, dass sie mich etwas merkwürdig ansah, als ich – wie wir es besprochen hatten – auf einen Verband bestand.«

»Herr Schneider«, sage ich mit einer Vorahnung.

»Wir hatten doch besprochen, dass Sie sich den rechten Fuß verstaucht haben. Sind Sie sicher, dass Sie nicht vielleicht aus Versehen mal mit rechts, mal mit links gehumpelt haben?«

»Wo denken Sie hin!«, entrüstet sich der Detektiv und springt abrupt auf, in seinem Bauch rumort es noch einmal hörbar. Er bleibt wie zur Salzsäule erstarrt stehen. Dann – eine kurze Entschuldigung nuschelnd – eilt er mit kleinen Schritten davon.

Als er nach fünfzehn Minuten wiederkommt, sieht er nicht wirklich besser aus. Er lässt sich für seine Verhältnisse sehr nonchalant auf den Sitz fallen und hängt auf dem Stuhl wie ein Häufchen Elend.

»Ich fürchte, ich habe etwas zu mir genommen, was mir nicht gut getan hat«, seufzt er und reibt sich den Bauch. »Aber mein persönliches Missempfinden sollte nur eine untergeordnete Rolle spielen: Wo waren wir gerade stehen geblieben?«

Ich nehme den Faden wieder auf.

»Sind Sie sicher, dass die Reinhardt nicht gemerkt hat, dass Sie gar nicht verletzt sind? Haben Sie wirklich immer mit dem gleichen Fuß gehumpelt?«

»Ach, ich weiß nicht«, stöhnt er. »Jetzt, wo Sie das so sagen, Fräulein Lissie. Ich bin mir nicht mehr ganz sicher. Obwohl ich persönlich finde, dass mein Hinken sehr professionell aussah! Deshalb bestand die Frau Doktor ja auch darauf, dass ich sofort ein Schmerzmittel einnehme. Leider hat sie mir von dem Verband abgeraten, so dass ich meine Mission in Sachen Drogentütchen nicht abschließen konnte.«

»Drogentütchen??«, fragt meine Mutter erschrocken. Aber ich ignoriere sie einfach weiter. Wenn meine Mutter auch viele Talente hat – eine zweite Miss Marple wird sie nicht.

»Sie hat Ihnen ein Schmerzmittel mitgegeben?«, frage ich den Detektiv, der wieder blasser zu werden scheint – soweit dies überhaupt möglich ist.

Er schüttelt den Kopf und erklärt:

»Nein, sie hat mir direkt eine Dosis auf einem Löffel verabreicht. Und jetzt entschuldigen Sie mich bitte noch einmal. Ich muss mich entfernen, sonst geschieht ein Unglück!«

Wie zur Bestätigung grollt es aus seinen Gedärmen. Er erhebt sich wieder – dieses Mal vorsichtiger und offenbar bedacht darauf, dass seine Pobacken ein größeres Malheur von seinem Freizeitanzug fernhalten, und eilt peinlich berührt davon.

Ich sehe ihm nach und er tut mir wirklich leid. Ob ich mir ernsthafte Sorgen machen muss? Ich denke kurz darüber nach, ob vielleicht mein Kamikaze-Lachs das Magengrummeln verursacht haben könnte, verwerfe den

Gedanken aber direkt wieder. Ob die Reinhardt ihn vergiftet hat? Aber selbst wenn sie wirklich etwas mit den Drogen zu tun und bemerkt hat, dass ihr der Detektiv auf die Schliche gekommen ist: Sie wäre doch nicht so dumm, ihn sofort mit einem Gift aus ihrer Praxis um die Ecke zu bringen. Zumal Herr Schneider zusammen mit der Ärztin von der Sprechstundenhilfe gesehen wurde. Nein, dafür ist die Reinhardt zu clever. Aber dass Georg Schneider etwas anderes mit seinem Besuch bezwecken wollte, als nur seinen angeblich verstauchten Fuß verbinden zu lassen, das scheint sie gemerkt zu haben. Ich fürchte, sie hat dem armen Detektiv eine ordentliche Portion Abführmittel verpasst, so dass er erst einmal außer Gefecht ist. Und es muss etwas Starkes, Hochkonzentriertes gewesen sein, wenn es so schnell wirkt. Ich weiß nicht, ob mir der trottelige Schnüffler wirklich leidtun soll – warum schluckt er auch einfach irgendein Mittel! Naja, wahrscheinlich hätte ich das auch getan – auch mein Vertrauen in die Halbgötter in Weiß ist in medizinischer Hinsicht grenzenlos. Doch, er tut mir leid. Denn jetzt hat er gar nichts von seinen Delikatessen: Der ganze schöne Fisch rauscht einfach durch ihn durch und wieder ins Meer – der Kreislauf des Lebens. Aber auch, wenn Herr Schneider nichts weiter herausbekommen hat und wohl heute körperlich nicht fähig sein wird, weitere Ermittlungen anzustellen: Für mich bestätigt die ganze Aktion, dass die Reinhardt nicht ganz koscher ist. Ich bin gespannt, was der Kommissar von der Geschichte hält.

»Kind, wir gehen auf die Kabine und machen uns schon mal fertig für den Ausflug«, reißt mich meine Mutter, die sich von ihrem Stuhl erhoben hat, aus meinen Gedanken.

»Und denk dran: Um zwölf geht's los! Die warten nicht!«, ermahnt sie mich und zieht mit meinem Vater im Schlepptau von dannen.

Plötzlich legt mein Smartphone los. »Tsching, tsching, tsching, tsching.« Es hat scheinbar wieder ein Netz gefunden und funkt jetzt alle WhatsApp-Nachrichten und Emails durch, die sich seit der letzten Funkverbindung aufgestaut haben. Ich entsperre das Display und lösche erst einmal fünfundvierzig Newsletter. Dann öffne ich die Textnachrichten. Eine kommt von Doris, die uns mitteilt, dass unser Kater Pünktchen aus der Kloschüssel getrunken hat und sich Sorgen macht, ob das gut für ihn ist. Sowohl der Kater als auch unsere Katze Anton sind Freigänger – ich möchte gar nicht wissen, wo die beiden schon überall ihre Katzennasen reingesteckt haben. Ich antworte meiner Freundin, dass sie bedenkenlos den Klodeckel weiterhin oben lassen kann und wir froh sind, die Fellmonster in ihren fürsorglichen Händen zu wissen. Die anderen zweiunddreißig (!) Nachrichten kommen alle von Micha. Er vermisst mich – vierzehnmal. Er kann es nicht abwarten, mich wiederzusehen – achtmal. Er will mich wieder küssen – sechsmal. Wo ich stecke und warum ich nicht antworte – viermal.

Ich lege schmunzelnd das Smartphone auf den Tisch und überlege. Was soll ich ihm nur antworten? Ich mag ihn wirklich gern und freue mich darüber, wie er mir den Hof macht. Aber wenn ich an Sebastian und das bevorstehende Whale Watching denke, hüpft mein Herz. Ich mache das Handy aus und beschließe: Ich habe kein Netz.

Ich stehe mit Sebastian am Heck des kleinen Bootes und halte mich an der Reling fest. Zwar lacht die Sonne vom Himmel, aber es geht ein strammer Wind und die Nussschale, von deren Deck aus wir die Wale und Delphine beobachten sollen, schwankt beachtlich. Wieder einmal bin ich froh, dass ich einigermaßen seefest bin – wenn ich in das Gesicht des Kommissars schaue, bin ich mir bei ihm gerade nicht so sicher. Trotz seiner etwas fahlen Miene würde ich mich jetzt viel lieber an Sebastian, statt an der Reling festhalten, aber die Schwimmwesten, die wir aus Sicherheitsgründen anlegen mussten, stehen romantischem Körperkontakt massiv im Weg.

»Hör mal, Lissie, du hast keinerlei Beweis für das, was du Carola vorwirfst.«

Meine kurze, romantische Sehnsucht verflüchtigt sich augenblicklich, als der Name der Schiffsärztin fällt. Es ärgert mich, dass er diese Schnepfe duzt und sich überhaupt sehr gut mit ihr zu verstehen scheint.

»Aber die Tütchen …!«, werfe ich ein.

»… hast du nicht mehr!«, entgegnet er mir.

»Sie sahen aber genauso aus, wie die in ihrer Praxis«, sage ich trotzig.

»Wie wahrscheinlich unzählige Standard-Beutel eben aussehen ...«

»... die rein zufällig weiße Kristalle enthalten.« Ich gebe nicht auf.

»Von dem wir nicht wissen, was es überhaupt ist. Es könnte etwas ganz Harmloses sein ... wie ... wie ...«

Ich ziehe die Augenbraue hoch und sehe den Kommissar erwartungsvoll an. Ich weiß, dass er selbst nicht daran glaubt, dass alles ganz harmlos ist.

»... Vitamin C!«, sagt er schließlich.

Ich kann mir diese absurde Vermutung nur damit erklären, dass er immer grüner im Gesicht wird und nicht mehr klar denken kann. Ich nicke und sage ironisch: »Ja, du hast recht. Dass ich nicht sofort daraufgekommen bin! Das weiß man ja, dass sich mit Vitamin C das große Geld machen lässt. Steht schließlich dauernd in der Zeitung: ›Erneut weltweiter Vitamin C-Schmuggler-Ring ausgehoben.‹ Und ich meine, vor kurzem auch eine Studie der WHO gelesen zu haben, die vor dem exzessiven Konsum von Vitamin C warnt.«

Sebastian Loch sagt nichts, aber ich sehe, dass ein schiefes Grinsen um seine Mundwinkel zuckt. Natürlich weiß auch er, dass sich nie und nimmer Vitamin C in den Beutelchen befunden hat.

Ich werde wieder ernst.

»Jetzt mal im Ernst: Und dass die Reinhardt dem ahnungslosen Detektiv Abführmittel eingeflößt hat – ist so was nicht sogar Körperverletzung?«

»Wenn es ein Abführmittel war. Auch das kannst du nicht beweisen, Lissie.«

»Ja, genau. Das war sicher auch nur Zufall. Oder der Körper des Detektivs hat auf das Schmerzmittel überreagiert«, sage ich sarkastisch und rufe dann aus, als hätte ich den Geistesblitz meines Leben, während ich mir mit der Hand gegen die Stirn schlage: »Jetzt hab ich's! Wirkt zu viel Vitamin C nicht auch abführend?«

Ich ärgere mich. Und zwar darüber, dass ich wirklich überhaupt nichts in der Hand habe. Aber auch darüber, dass mir Sebastian ganz offensichtlich nicht glaubt. Oder glauben will. Oder mir nicht vertraut. Ach, zum Teufel mit dem rationalen Verstand dieses Dickkopfes!

»Da ist einer!«, höre ich jemanden vom Bug her schreien. Ich lasse den grünen Kommissar stehen und eile an die Spitze des Bootes. In einiger Entfernung taucht eine Kimme aus dem Wasser auf und ein stattlicher Orca gewährt uns einen Blick auf seine schwarz-weiß glänzende Haut. Direkt neben ihm taucht noch ein zweiter auf und gleich darauf noch ein dritter. Es ist atemberaubend. Ich zücke meine Kamera, zoome heran und mache einige Bilder von den faszinierenden Meeresbewohnern.

»Es scheint sich um die Mutter und zwei Jungtiere zu handeln«, erklärt unser Guide gegen die Gischt brüllend und ergänzt: »Orcas, oder Schwertwale – wie sie auch heißen –, wurden früher aufgrund ihres Jagdverhaltens Killerwale genannt. Man sieht es diesen großartigen Tieren nicht an, dass es sich wirklich um Raubtiere handelt! Aber Sie sollten besser keine Robbe sein, wenn Sie sich ihnen im Wasser nähern.«

Ich denke an die Reinhardt, und dass das nicht nur für Wale gilt. Hinter so mancher hübscher Fassade steckt bestimmt eine wahre Killernatur.

Nach wie vor hat unser Boot ordentlich Seegang und außerdem noch etwas Schlagseite, weil sich natürlich alle Touristen an einer Seite des Schiffes gesammelt haben, um den besten Blick auf die Wale werfen zu können. Ich vertraue darauf, dass der alte Seemann, der das Schiff steuert, wissen wird, was er tut und der Kahn samt Besatzung und Touristen nicht umkippt. Vielleicht war der Kapitän aber auch deshalb mit der zusätzlichen Buchung so großzügig, weil er gehofft hat, dass die komplette Familie Sommer samt Kommissar und diesem alten Kahn vom Atlantik verschluckt wird – nein, ich vertraue darauf, dass das nicht zu den Problemlösungsmethoden von Kapitän Berggrün zählt. Kameras klicken noch einmal, dann beschließen die Meeressäuger ihre Vorstellung zu beenden und tauchen wieder ab. Recht haben sie – wir sind ja hier nicht in Seaworld. Ich schaue mich nach dem Kommissar um. Er steht immer noch hinten an der Reling, allerdings hat er sich zum Meer rumgedreht. Sein Körper bäumt sich immer wieder auf und so schließe ich daraus, dass der arme Kommissar die Fische füttert. Und zwar mit dem Angebot des Frühstücksbüffets.

Meine Mutter steht plötzlich neben mir und folgt meinem Blick.

»Ach herrje. Was hat denn der Kommissar? Ist ihm schlecht?«

Mein Vater tritt hinzu und sagt trocken: »Fliegt die Kuh hoch übers Dach, ist der Wind nicht gerade schwach.«

Meine Mutter und ich sehen meinen Vater mit einer Mischung aus Ver- und Bewunderung an.

»Ich wusste gar nicht, dass du jetzt auch Bauernweisheiten im Repertoire hast«, stelle ich fest, während Sebastian erneut einen Schwall seines anverdauten Frühstücks über die Reling ins Meer speit.

»Oh, seht mal«, ruft meine Mutter plötzlich aus.

»Delphine!«

Vermutlich angelockt durch die zusätzliche Mahlzeit, die Sebastian dem Meer spendiert hat, tummeln sich tatsächlich einige Delphine etwa fünf Meter hinter dem Heck des Bootes und springen lustig um die Wette. Sofort eilen alle Touristen vom Bug ans Ende des Schiffes, umringen den Kommissar und zücken wieder die Kameras. Sebastian hat sich herumgedreht und blickt erschöpft in meine Richtung. Ich bleibe, wo ich bin, und mache noch ein Bild mit meinem Fotoapparat. Ich habe auch schon einen Titel dafür: »Grüner Kommissar zwischen Touristen und Delphinen.«

The show must go on

»Ach, ich weiß net, ob ich wirklich mitmache soll«, sagt meine Mutter. Aber so, wie sie es sagt, möchte sie nur noch einmal hören, dass es die richtige Entscheidung war. So leicht lasse ich sie aber noch nicht aus der sprichwörtlichen Nummer.

»Wieso sollte es nicht richtig sein, dabei mitzumachen?«, hake ich nach.

»Na, weil dein Vater und ich morgen so viel vorhaben.«

Ich stutze. Morgen ist Schiffstag. Was können meine Eltern morgen denn vorhaben?

»Was könnt ihr morgen schon vorhaben?«, frage ich sie deshalb direkt heraus.

»Ei, Kind«, meine Mutter macht eine Geste, die bedeuten soll, dass es ja wohl auf der Hand liegt, was morgen auf dem Programm steht. Als ich nur mit einem Schulterzucken reagiere, klärt sie mich wie selbstverständlich auf: »Morgen könne mir endlich mal die Angebote auf dem Schiff wahrnehmen: Um halb elf machen wir den Malkurs ›Einführung in das leuchtende Blau der Wellen mit Aquarellfarben‹. Mittags gibt es auf dem Sonnendeck einen Kochkurs, wo uns der Souschef vom Gourmetrestaurant alles über Muscheln erklärt. Das muss ich mitmachen! Dann kann ich deinem Vater selbst mal Miesmuscheln Rheinische Art kochen. Du weißt ja, dass ich mich daran bisher nicht getraut habe, aber der Papa die so gerne isst. Wenn ich da was falsch machen würde! Nicht auszudenken! Dein Vater mit Muschelvergiftung! Des hätte uns gerade noch gefehlt! Wo war ich?«

Sie macht eine kurze Pause, blickt an die Decke, dann hebt sie wissend den Zeigefinger.

»Ach ja, richtig. Und um fünfzehn Uhr spielen wir mit den Hoffmanns Shuffleboard!«

Ich sehe meiner Mutter an, dass sie sehr zufrieden mit ihrem Plan ist. Denn keine Minute bleibt während dieser Reise von ihr ungenutzt. Sowas wie »Relaxen«, einfach mal nichts tun – das gibt es bei meinen Eltern nicht. Schon gar nicht bei meiner Mutter. Ein geflügeltes Wort im Hause Sommer ist: »Ach, Kind, ich hab heute noch gar nichts geschafft!« Der Hinweis, dass sie doch ihr ganzes Leben lang gearbeitet hat und deshalb heute nicht mehr jeden Tag etwas »schaffen« muss, zieht bei ihr nicht. Nein, in diesem Punkt komme ich ganz und gar nicht nach meiner Mutter – ich kann sehr gut den lieben Gott einen guten Mann sein lassen.

»Und warum solltest du dann heute Abend nicht bei der Show mitmachen?«, frage ich noch einmal nach, um wieder auf das eigentliche Thema zu kommen.

»Ich bin bestimmt den ganzen Abend so aufgeregt, dass ich net gut in den Schlaf komme! Und ich will doch morgen früh raus und noch eine Runde schwimmen gehen!«

»Aber du liegst doch auf der Bühne nur rum. Das macht bestimmt schön schläfrig«, sage ich amüsiert und langsam dämmert meiner Mutter, dass sie von mir ein bisschen veräppelt wird.

»Kind! Als ob ich einschlafen würde, während ich zersägt werde! Ne, ne, da bin ich voll da!«

Ich grinse und lege meiner Mutter beruhigend die Hand auf den Arm.

»Also, wenn ich du wäre, würde ich mir diese Chance nicht entgehen lassen! Schließlich wird nicht jeder Passagier vom Kapitän persönlich gefragt, ob er sich in der Zaubershow zersägen lässt! Und vielleicht kommst du damit sogar ins nächste Prospekt!«

Meine Mutter wird augenblicklich blass und sieht auf die Uhr. Es ist kurz nach fünf und wir sind gerade mit dem Bus von unserem Whale Watching-Ausflug wieder am Liegeplatz unseres Schiffes angekommen.

»Ach herrje, daran habe ich gar nicht gedacht. Du hast vollkommen recht! Ob der Friseur mir noch die Haare machen kann?«

Der Bus hat gerade angehalten, meine Mutter springt als Erste von ihrem Sitz auf, ruft meinem ahnungslosen Vater – der sich während der Rückfahrt einer aktuellen deutschen Tageszeitung gewidmet hat – zu, er solle schon mal in die Kabine gehen, und eilt Richtung Schiff. Ich bin sehr gespannt, was uns heute Abend erwartet – sowohl auf der Bühne als auch auf Mamas Kopf.

»Was für ein Glück, dass ich gleich zum Salon gegangen bin«, sagt meine Mutter und fasst sich dabei erleichtert auf die Brust.

»Ich hab den letzten Termin bekommen! Und erst, als ich im Frisierstuhl saß und mich im Spiegel gesehen hab, ist mir klargeworden, wie nötig meine Haare es hatten! Die Seeluft ist vielleicht gut für die Haut, aber für die Frisur eine einzige Katastrophe! Ich darf gar nicht daran denken, wenn das net geklappt hätte! Keine zehn Pferde hätten mich dann auf die Bühne bekommen! Aber da ich denen erzählt hab, dass mich Kapitän Berggrün persönlich gebeten hat, in der Zaubershow mitzumachen, hat sich der junge Mann besonders viel Mühe gegeben. Der hätte aber auch bei der Travestieshow mitmachen können.« Sie kichert und sagt dann noch: »Und geschminkt haben sie mich dann auch noch. Also der Service auf diesem Schiff ist wirklich 1a.«

Ich nicke zustimmend. Die Frisur sitzt. Und so gut, wie meine ehemalige Erziehungsberechtigte aussieht, scheinen ihr die Stylingspezialisten sogar ein richtiges Bühnen-Make-up verpasst zu haben.

Wir stehen hinter der Bühne, wo meine Mutter eine kurze Einweisung erhalten soll, wie sie später in der Show von dem Zauberer zersägt wird. Sie hatte mich gebeten mitzugehen – mein Vater wollte lieber schon zum Büfett.

»Ahhh! Sie müssen Frau Sommer sein! Beautiful! Ich bin der Meinhard Magic. But by the way: Sagen Sie einfach Hardy zu mir.«

Ein Mann mittleren Alters, bekleidet mit einem Frack und Zylinder und einem gezwirbelten Schnauzbart im Gesicht, kommt strahlend auf meine Mutter zu, nimmt ihre Hand und deutet einen Handkuss an. Meine Mutter kichert verlegen wie ein Teenager und ich stelle mal wieder fest, dass es mehr gelebte Klischees in der realen Welt gibt, als man so gemeinhin denkt.

Dann fällt der Blick des Zauberers auf mich und er legt die Stirn in Falten.

»And you are …?«, fragt er mich schnippisch und betont dabei seinen sehr pseudo-amerikanischen Slang.

»Oh, mein Name ist Lissie Sommer. Ich bin die Tochter. Und keine Angst: Sie müssen heute nur eine Sommer zersägen. Ich bin nur die Begleitung für die Probe.«

Ich zwinkere ihm freundlich zu, aber der Zauberer bleibt ernst.

»Please … Nehmen Sie es mir nicht übel, aber ich möchte Sie bitten, jetzt zu gehen«, sagt er bestimmt und fährt erklärend fort:

»You have to know, dass die Geheimnisse der Magie nur einem eingeschränkten Personenkreis zugänglich gemacht werden dürfen. Und das Zersägen einer Frau gehört zu den Tricks, die nur die wenigstens kennen und können. Mir selbst wurde diese Nummer von einem der besten Zauberer in Las Vegas beigebracht, und … well … nur die Dame, die ich zersäge, erfährt, wie sie heil wieder aus der Box herauskommt. Deshalb: Please leave the stage. Now!«

»Kein Problem! Ich bin schon weg!«, sage ich

und denke, dass sich Meinhard Magic bestimmt gut mit Tante Trudy aus Florida verstehen würde, die ja beim Sprechen gerne auch Deutsch beziehungsweise Hessisch und Amerikanisch mixt.

    Ich gebe meiner Mama ein Küsschen auf die Wange, wünsche ihr »Toi, toi, toi«, überlasse sie dem Bühnenkünstler und mache mich Richtung Ausgang auf. Mit meiner Mutter bin ich über die Haupttreppe gekommen, aber da ich jetzt schnell zum Essen will, nehme ich eine Abkürzung über die Bühne.

    Ich schnäuze kräftig in ein Taschentuch, während ich mir meinen Weg zwischen den dicken Vorhängen suche, die den Blick auf den Zuschauerraum verhängen. Hoffentlich bin ich diese nervende Erkältung morgen endgültig los. Mir geht es schon viel besser, aber leider läuft die Nase doch noch ein wenig. Hinter der Bühne ist es schummrig. Nur eine Notbeleuchtung spendet genau so viel Licht, dass man nicht über die Bühnentechnik fällt. Vielleicht hätte ich doch lieber den normalen Weg Richtung Fahrstühle nehmen sollen, aber ich war mir so sicher, dass es auf diesem Weg schneller geht. Ich taste mich langsam voran, als ich plötzlich zwei Stimmen höre, die miteinander flüstern. Meinem Instinkt folgend, bleibe ich wie angewurzelt stehen und lausche. Zunächst einmal versuche ich zu erkennen, woher die Sätze kommen, die gedämpft, aber trotzdem deutlich, an mein Ohr dringen.

    »Hast du das gerade gehört?«, sagt der eine

zum anderen. Es muss sich um einen Mann handeln.

»Was?«, fragt der zweite. Mir wird gewahr, dass die beiden unmittelbar neben mir stehen müssen – nur durch einen dicken Vorhang von mir getrennt. Ich halte inne und versuche, möglichst lautlos zu atmen.

»Ach, ich dachte, ich hätte Schritte gehört«, sagt der erste wieder.

»Das kann schon sein. Ich glaube, der Zauberer weist das Kaninchen ein«, erklärt der zweite und ich höre beide leise lachen. Mir kommen die Stimmen bekannt vor, aber der schwere Vorhangstoff und der Flüsterton machen es mir im Moment nicht möglich, diese jemandem zuzuordnen.

»Hast du was dabei?«, fragt der erste nun wieder.

»Klar. Das Geschäft läuft weiter. Hast du das Geld?«

Statt einer Antwort höre ich das Rascheln von Geldscheinen, die gerade ihren Besitzer wechseln.

Ich traue mich kaum zu atmen und hoffe, dass die beiden nicht auf die Idee kommen, einen Schritt Richtung Vorhang zu machen – denn sonst stünden sie mir auf den Füßen. Es kitzelt in meiner Nase. Bitte, lieber Schnupfen, lass mich jetzt nicht niesen!

»Danke dir«, raunt der erste wieder, während er einsteckt, was auch immer er gerade erworben hat. Und stößt dann sarkastisch halb zu sich selbst, halb zu seinem Gegenüber hervor: »Obwohl ich eigentlich ein paar Portionen bei dir gut haben müsste. Schließlich habe ich euch einen großen Gefallen getan. Der hätte euch noch ganz schön Ärger machen können.«

Es entsteht ein kurzes Schweigen und ich hoffe weiterhin inständig, dass die beiden weder meinen Atem noch meinen Herzschlag hören. Noch immer spüre ich ein Prickeln in meinem Riechorgan und versuche es, kaninchengleich, mit wackelnden Nasengrimassen los zu werden.

Dann sagt der andere: »Ja, das stimmt. Das Problem ist gelöst, aber wir müssen vorsichtig sein, bis diese ganze Sache abgeschlossen ist und die Passagiere weg sind. Du bekommst dann die Ware, die du zum Weiterverkaufen mitnimmst, zum Sonderpreis, Ich versprech's dir.«

»Müssen wir uns um diese kleine Schnüfflerin Sorgen machen?«

Der Vorhang bewegt sich ein wenig und eine Schuhspitze lugt unter dem Stoff hervor. Stocksteif stehe ich da und bewege mich keinen Millimeter, obwohl es ja offenbar in der Unterhaltung der beiden gerade um mich geht. Ich starre auf den Boden und die Schuhspitze fällt in mein Blickfeld. Ich betrachte mir das Modell genauer. Hellblaues Wildleder mit einem braunen Muster und gleichfarbigen Schnürsenkeln – wo habe ich diese Schuhe schon einmal gesehen? Oder besser gesagt: An wem habe ich sie gesehen?

Bevor ich mich weiter darauf konzentriere,

spitze ich erneut die Ohren, denn der andere Typ antwortet: »Ne, ich glaube, die hab ich im Griff. Obwohl sie echt unglaublich neugierig ist, hat sie nichts in der Hand. Nicht mehr – dafür habe ich gesorgt.«

Er lacht und mir ist klar, wer einer der beiden sein muss: Charly. Kurz überlege ich, ob ich nicht einfach den Vorhang zur Seite schieben und mir Gewissheit verschaffen soll. Aber ich schlucke die aufkommende Wut hinunter und entscheide mich vernünftigerweise dafür, weiter stillzuhalten – ich möchte nicht auch als ein »gelöstes Problem« enden. Oh Gott. Jetzt erst realisiere ich, was ich gerade gehört habe: Es klang so, als sei mein Bauchgefühl mal wieder richtig und der Tod von Daniel Kaiser kein Unfall – was außer einer Wasserleiche sollte ein »gelöstes Problem« sein. Und Charly und der andere Mann hängen beide irgendwie mit drin. Das Kitzeln in meiner Nase wird immer stärker. Ich fürchte, lange kann ich den Nieser nicht mehr herauszögern.

»Ich muss dann auch wieder. Wenn ich zu lange weg bleibe, stresst mein Chef im Studio«, sagt Charly zu meinem Glück.

Ich höre, wie sie abklatschen, ein »Bis dann« murmeln und schon dabei sind, die Bühne zu verlassen, als ich merke, dass ich das Kribbeln in der Nase nicht mehr unterdrücken kann. Ich halte mir die Hand vor das Gesicht, um das Geräusch zu dämpfen, aber es ist zu spät. Ich niese.

»Ahhhhhhhh!«

Mein Niesen wird übertönt von einem Schrei. Er kommt von der Bühne und von einer Frau.

»Scheiße«, stößt Charly hervor und ich höre, wie sich Schritte schnell entfernen.

»Oh Gott! Mama!«, trifft mich ein Geistesblitz. Ich reiße die erste Lage Vorhang zur Seite, wühle mich durch eine weitere, und stürme zurück auf die Bühne.

Wie erstarrt steht Meinhard »Hardy« Magic in der Mitte im Scheinwerferlicht und hält eine Säge in der Hand. Meine Mutter liegt in einer aufgeklappten Kiste neben ihm – ihre Beine baumeln aus der einen Seite, ihr Kopf lugt im 90-Grad-Winkel aus der anderen Seite heraus. Der Rest ihres Körpers wird von der riesigen Kiste verborgen. Meine Mutter sieht mich mit weit aufgerissenen Augen an.

»Mama! Geht's dir gut? Ist alles in Ordnung?«, rufe ich und will auf sie zustürmen, als mich der Zauberer mit einer Handbewegung zurückweist.

»Bleiben Sie stehen! Was fällt Ihnen ein, die Probe zu stören!«, herrscht mich Hardy an.

»Ich gehe nicht, bevor ich nicht weiß, dass es meiner Mutter gut geht!«, sage ich bestimmt.

Meine Mutter dreht ein wenig den Kopf zu mir – soweit es ihr Bewegungsspielraum in ihrem hölzernen Gefängnis zulässt und sieht mich mit völligem Unverständnis an.

»Ja, Kind, warum soll es mir denn nicht gut gehen?«, krächzt sie hervor.

»Du bist vielleicht lustig! Ich habe dich schreien gehört!«, verteidige ich mich.

»Ach das«, sagt sie und ich weiß, dass sie in

der Kiste eine abfällige Handbewegung macht, auch wenn ich es nicht sehen kann.

»Du glaubst ja nicht, wie diese Zersägerei kitzeln kann! Da macht man sich ja vorher überhaupt keine Vorstellung davon«, schiebt sie entschuldigend hinterher und ergänzt: »Hab ich dich erschreckt? Des tut mir leid. Aber könntest du uns jetzt weiter proben lassen? Sonst verdirbst du dir ja auch die ganze Überraschung, wenn du später in der Show weißt, wie es geht. Und wer kann schon sagen, dass seine Mutter von einem großen Zauberer live vor ihren Augen zersägt worden ist!«

Sie lächelt ihr bestes Lächeln – allerdings eher, um den magischen Meinhardt bei Laune zu halten, der noch immer die Stirn in Falten gelegt hat und die Säge drohend in der Hand hält.

Ich nicke nur. Eine passende Antwort fällt mir gerade nicht ein und ich möchte auch nicht das Risiko eingehen, dass sich Meinhard Magic in Hardy Herzlos verwandelt und sich doch noch eine andere Assistentin sucht. Dann könnte ich mir den ganzen Rest der Reise anhören, dass ich alles vermasselt habe und – was noch schlimmer wiegen würde – meine Mutter ganz umsonst beim teuren Schiffsfriseur war.

Ich mache also auf dem Absatz kehrt und verlasse nun schnurstracks und endgültig die Bühne – auf der Suche nach einem blauen Männerschuh.

Jetzt aber mal Butter bei die Fische

Ich stehe auf dem Crosstrainer und blicke auf das von kleinen Wellen bewegte Meer. Offenbar hat der Wind merklich aufgefrischt und treibt das kühle Nass in kleinen Kronen vor sich her. Selbst der größte Sportmuffel lässt sich bei dieser Kulisse dazu verleiten, voller Elan auf die Geräte zu steigen oder in die Pedale zu treten. Nur eine Glasscheibe trennt einen von der Naturgewalt Wasser und einem endlosen Horizont – schöner kann man nicht Sporttreiben.

Ich trete in den Crosstrainer und gähne einmal ausgiebig. Der gestrige Abend zog sich doch noch ganz schön in die Länge. Man glaubt ja nicht, wie lange es dauert, bis die eigene Mutter zersägt ist. Und – um Missverständnissen vorzubeugen – das lag nicht an ihrer Körperfülle, sondern an Meinhard Magic, der es sichtlich auskostete, meine liebe Mama nach allen Regeln der Kunst hin- und her- und auseinanderzuschieben, um sein Können als großer Zauberer zu demonstrieren. Meine Mutter hätte es nicht zugegeben, aber ich glaube, nach der Nummer war ihr ein bisschen schlecht von der ganzen Herumwirbelei. Jedenfalls musste sie »auf die ganze Aufregung« einen Ramazotti »auf Eis mit Zitrone!« – wie sie dem Kellner auftrug – trinken, und mein Vater und ich tranken solidarisch einen mit. Der italienische

Kräuterschnaps erwies sich quasi als Kickstarter für Mamas Feierlaune und so begossen wir ihr magisches Bühnendebüt noch mit dem einen oder anderen Kaltgetränk. Als die Liveband in der Bordbar, in der wir saßen, dann auch noch »Die Gitarre und das Meer« von Freddy Quinn anstimmte, gab es für meine Eltern kein Halten mehr. Händchenhaltend stürmten sie die Tanzfläche und verließen sie nicht mehr, bis die Band, unter lautem Beifall der versammelten, tanzwütigen 50-Plus-Reisenden, nach der zweiten Zugabe ihre Instrumente zusammenpackte. Da war es halb zwölf und natürlich musste es dann noch ein letzter Absacker sein – auf den schönen Abend. Erschöpft bin ich kurz nach Mitternacht ins Bett gefallen und nach einer traumlosen Nacht erst kurz vor neun wieder aufgewacht.

    Heute ist Schiffstag, somit bleibt mir jede Menge Zeit für mich, da meine Eltern ja den ganzen Tag mit Malen, Kochen und Shuffleboardspielen beschäftigt sind. Da das Wetter im Moment eher stürmisch ist und noch nicht zum Sonnenbaden einlädt, ist meine Wahl auf ein kleines Sportprogramm gefallen. Meine Erkältung ist quasi nicht mehr vorhanden, aber um sicherzugehen, dass ich nicht wieder einen Rückfall erleide, wenn ich verschwitzt zu meiner Kabine zurückgehe, habe ich mir ein Halstuch mitgenommen. Wieder genesen könnte ich meinen Urlaub jetzt so richtig genießen – wenn da nur nicht diese ungeklärten Todesfälle und Charlys krumme Geschäfte wären, die mir die Laune verderben.

Apropos Charly, apropos Laune verderben. Ich habe bereits eine gute Dreiviertelstunde den Crosstrainer bewegt, als Carola Reinhardt ins Studio hinein- und auf Charly zustürmt, der gerade ein paar Hanteln an ihren Platz räumt. Ich kann nicht verstehen, was sie sagt, aber sie scheint sehr aufgebracht über irgendetwas zu sein. Sie deutet vorwurfsvoll mit dem Zeigefinger auf seine Brust, dreht sich auf dem Absatz um, und zischt wieder ab. Charly geht zur Rezeption, sagt irgendwas zu seinem Trainerkollegen und geht Carola Reinhardt nach. Und ich ihm. Denn ich muss wissen, was da vor sich geht. Ich steige vom Crosstrainer, lasse das Sportgerät trotz meiner guten Erziehung undesinfiziert, binde mir schnell mein Halstuch um und folge den beiden. Als ich aus dem Studio trete, sehe ich gerade noch, wie Charly in den Aufzug steigt und auf die Taste mit der Nummer 4 drückt – sie treffen sich also unten, wo weniger Touristen unterwegs sind. Ich springe in den nächsten Fahrstuhl, der zu meinem Glück leer ist und fahre ebenfalls auf Deck 4 Bevor ich aussteige, stecke ich vorsichtig den Kopf aus der Fahrstuhltür – ich will sichergehen, dass Charly nicht noch auf dem Gang steht. Aber meine Sorgen sind unberechtigt – ich spüre den Luftzug der Automatiktür, die zum Außendeck führt und sehe noch den Rest von seinen langen Rastalocken Richtung Heck verschwinden. Ich warte noch einen Augenblick, dann trete ich ebenfalls auf die Tür zu. Sie öffnet sich mit einem Zischen und augenblicklich pfeift ein kühler, strammer Wind über mein Gesicht. Ich gehe Richtung Heck und der schon kräftige Luftzug wird vom Fahrtwind noch verstärkt, bläst mir wild in den Rücken und treibt mich voran. Im Gegensatz zum Oberdeck kann man hier unten das Schiff nicht komplett umrunden. Ganz hinten versperrt eine Wand den Zugang zum Crewbereich, den man nur von innen betreten kann. Wenn sich Charly wirklich mit der Schiffsärztin trifft, dann muss es dort hinten in dieser abgeschotteten Ecke sein. Kurz davor, zwischen Reling und Schiffswand, ist die Shuffleboard-Anlage etwas eingerückt eingebaut, so dass man keinen direkten Blick auf das Ende des Luxusliners hat und die Spieler ein wenig vom Wind geschützt sind. Ich drücke mich an der Schiffswand entlang, an den Shuffleboard-Linien vorbei, bis ich am Übergang zum letzten Teil des Außendecks stehe und linse vorsichtig um die Ecke. Jetzt faucht der Wind wieder wild um meine Ohren. Keine fünf Meter von mir entfernt stehen Charly und Carola und streiten sich heftig. Aber der blöde Rückenwind sorgt dafür, dass die meisten ihrer Worte aufs Meer geweht werden. Ich verstehe nur Bruchstücke: »… was sollte ich denn machen …«, »… alles aufgeflogen …«, »… konnte ich ja nicht ahnen …«, »… muss doch weitergehen …«. Als ich mich noch ein bisschen mehr nach vorne wage, erfasst eine Windböe mein Tuch, das sich wohl durch den Sturm gelockert hat, und reißt es mir vom Hals. Es fliegt durch die Luft und landet direkt vor Charlys Füßen. Der bückt sich erschrocken und sieht in die Richtung, aus der das Stoffstück angeweht kam – genau zu mir herüber.

Ich geh mal lieber schnell, denke ich und eile Richtung Tür. Keine schlechte Idee, denn als ich rasch über meiner Schulter zurücksehe, bemerke ich, dass mir Charly und die Reinhardt schon auf den Fersen sind. Ich schaue wieder nach vorne und will gerade durch die Automatiktür hindurchgehen, als plötzlich der indonesische Eisschnitzer zusammen mit dem Spa-Marokkaner vor mir stehen und mich erstaunt ansehen. In meinem Rücken höre ich Charly rufen:

»Rambo, halt sie auf! Sie hat uns belauscht.«

Wie der Film-Rambo sieht der Indonesier bei Weitem nicht aus, allerdings benimmt er sich so. Er versetzt mir einen Stoß, so dass ich einige Schritte zurückweichen muss. Unversehens umzingeln mich Charly, Carola Reinhardt, der Marokkaner und der Eisschnitzer und sehen mich allesamt mit böser Miene an.

»Dass du deine Nase immer in Angelegenheiten stecken musst, die dich nichts angehen«, blafft mich Charly an und fragt:

»Was hast du gehört?«

»Ich? Äh … nichts … ehrlich … der Wind …«, stottere ich – immer noch von der ganzen Situation überrumpelt.

»Ist doch egal, was sie gehört hat! Sie wird ihren Mund eh nicht halten und wieder zu dem Kommissar rennen. Wir sollten sie einfach über Bord schmeißen. Bei dem Wind hört man den Schrei nicht und die Wahrscheinlichkeit ist groß, dass sie abgesoffen ist, bis sie den Rettungstrupp losschicken, falls es doch jemand bemerkt«, schlägt Carola Reinhardt sachlich vor. Ihr Blick ist so kalt, dass der Eisschnitzer daraus wunderbare Figuren kratzen könnte. Aber der Indonesier nickt nur zustimmend. Und auch der Marokkaner hat entschlossen die Arme vor der Brust verschränkt und sieht aus wie der böse Zwilling von Meister Propper. Mit den Oberarmen hätte er keine Mühe, mich gemeinsam mit den anderen über Bord zu werfen. Langsam bekomme ich wirklich Angst.

»Jetzt mal langsam, Caro«, sagt Charly und wird selbst ein wenig blass um die Nase.

»Wir können sie doch nicht einfach umbringen!«

»Wer sagt denn was von umbringen, Charly?«, sagt die Reinhardt mit einem sarkastischen Lächeln um die Mundwinkel und fügt trocken hinzu:

»Ein Schubs von uns und das Wasser macht den Rest. Hat ja schon mal funktioniert.«

Ich schlucke trocken.

»Ne, da mache ich nicht mit.« Charly schüttelt den Kopf, aber Carola packt ihn bestimmend an den Armen.

»Was heißt hier ›da mache ich nicht mit?‹. Du machst auch alles andere mit, Charly. Du steckst genauso mit drin wie wir. Wir haben sowieso nichts mehr zu verlieren!«

Charly zögert. Der Marokkaner packt mich fest am Arm und sagt: »Schade, dass die übereifrig' Kommissar Duschgel in Dampfbad vergessen hat. Sonst wäre Sache jetzt erledigt schon.«

Und auch der Indonesier nickt bedauernd.

»Ich halte Kühltür zu. Aber leider Chefkoch ist gekommen. Sonst ...«

Er macht mit der Hand eine Bewegung quer über den Hals und ich weiß genau, was das zu bedeuten hat.

Ich schlucke noch einmal, soweit es meine zugeschnürte Kehle zulässt. Ich bekomme keinen Ton heraus und kann das erste Mal nachvollziehen, wenn Menschen berichten, dass sie vor lauter Panik nicht nach Hilfe rufen können.

Da höre ich das Zischen der Automatiktür hinter mir und eine laute Stimme schreit gegen den Wind an:

»Und direkt hinter unserer Shuffleboard-Anlage, können wir noch einmal einen Blick auf die Heckwellen werfen, die von unserem 38.000-PS-Motor erzeugt werden, den wir gerade im Maschinenraum besichtigt haben. Immerhin fahren wir mit über zwanzig Knoten fast in voller Fahrt – kein schlechtes Tempo für so einen großen Kahn.«

Alex, der Guide, der bereits unsere Einführungstour geleitet hat, kommt aus der Tür, ein Schild mit der Aufschrift »Tour: Schiff und Meer« vor sich her tragend und gefolgt von circa fünfundzwanzig Passagieren – darunter auch meine Eltern und Kommissar Loch.

Ich nutze das Überraschungsmoment, reiße mich von dem Marokkaner los und schreie:

»Hilfe! Sebastian! Die wollen mich über Bord werfen!«

Alex, der das offensichtlich für einen Scherz hält, erklärt ruhig:

»Wussten Sie eigentlich, dass pro Jahr über zwanzig Menschen über Bord gehen und spurlos verschwinden? Bei uns ist natürlich noch nie etwas passiert, aber seien Sie besser vorsichtig! Man weiß nie, ob einem nicht jemand was Böses will«, er lacht, merkt aber schnell, dass die Situation vielleicht doch nicht so komisch ist, wie er dachte. Zumal die Statistik für dieses Schiff ja auch nicht mehr ganz lupenrein ist. Zwar lag Daniel Kaiser tot im Pool und der junge Max ist über die Reling, aber nicht ins Meer gestürzt. Lebend verlassen sie aber beide dieses Schiff am Ende der Reise nicht mehr. Offenbar hat man die Information über die beiden Toten den Crewmitgliedern bisher wirklich vorenthalten und auch die Gerüchteküche hat noch nicht gebrodelt, sonst hätte sich Alex diesen Spruch sicher verkniffen.

Der Marokkaner lässt mich los und nimmt trotzig wieder seine Meister-Propper-Haltung ein. Der Eisschnitzer rennt los und will sich an der Gruppe vorbei ins Schiffsinnere drängeln. Aber der Kommissar hat mein Gesicht und die Lage sofort erfasst und stellt dem Indonesier geistesgegenwärtig ein Bein. Polternd fällt er zu Boden, wobei ihm mehrere kleine Tütchen aus der Hosentasche fallen – kleine Beutel mit einem blauen Streifen darauf und weißen kristallinen Klümpchen darin.

Während sich der Gefallene unter lauten, fremdsprachigen Flüchen sein Knie hält, bückt sich der Kommissar und hebt mit spitzen Fingern eines der Tütchen auf.

»Sieh an, sieh an! Was haben wir denn da?«

Er blickt fragend in die Runde. Charly lässt die Schultern hängen, woraufhin Carola Reinhardt ihm bestimmend zuzischt:

»Du sagst kein Wort!«

Charly sieht sie resigniert an.

Der Eisschnitzer sitzt ebenfalls wie ein Häufchen Elend am Boden. Er versucht gar nicht erst zu flüchten, denn die Körpersprache der Rentnergang, die bereits um ihn herum steht, ist eindeutig: Man würde ihn nicht entkommen lassen. Ein älterer Herr hat sogar seine Gehhilfe drohend in beide Hände genommen.

»Ja, was ist denn das für ein Zeug?«, schaltet sich nun meine Mutter ein und betrachtet die Beutel interessiert.

»Wenn du alles weißt, bist du gar nicht mehr neugierig!«, sagt mein Vater etwas vorwurfsvoll in ihre Richtung, obwohl ich ihm an seiner Nasenspitze ansehe, dass er ebenfalls wissen will, was sich in den Tütchen befindet.

Kommissar Loch sieht das Quartett immer noch fragend an.

»Also? Für den, der zuerst den Mund aufmacht, wird sich das sicher nicht negativ auf das Strafmaß auswirken.«

»Es ist Crystal«, sagt Charly schnell und blickt betreten auf den Boden.

»Du Vollidiot!«, herrscht Carola Reinhardt ihn an.

Der Kommissar nickt und sagt zu der immer noch verdutzten Reisegruppe, die nicht weiß, wie ihr geschieht:

»Meine Damen und Herren, ich brauche jetzt Ihre Unterstützung! Sie sehen ja selbst, dass wir es hier offenbar mit einem Verstoß gegen das BtmG zu tun …«

»Gegen was? Und was ist Crystal? Macht man das nicht ins Blumenwasser?«, fragt meine Mutter nach, die von der ganzen Situation immer noch mehr als fasziniert zu sein scheint. Ob ihre roten Ohren von der Aufregung kommen oder vom Wind, der uns immer noch um die Köpfe pfeift, weiß ich nicht zu sagen.

»Gegen das Betäubungsmittelgesetz«, erklärt Sebastian und ich ergänze:

»Und ins Blumenwasser macht man »Chrysal«, Mama. Das, was Charly meint, ist Crystal Meth. Eine Droge.«

Meinen Eltern bleibt beiden der Mund offen stehen. Kommissar Loch ergreift die Gelegenheit und fährt erklärend fort:

»Crystal ist ein synthetisches Amphetamin, das aufputschend wirkt, und extrem schnell abhängig macht. Leider wird es weltweit immer beliebter.«

Dann wendet er sich zu der noch immer vollzählig versammelten Touristengruppe:

»Meine Damen und Herren, acht von Ihnen bitte ich, gemeinsam mit mir diese vier

Herrschaften in Gewahrsam zu nehmen.«

Sofort treten einige Männer vor – und meine Mutter. Ich muss schmunzeln. Sie sieht mein Lächeln und sagt erklärend:

»Wer meiner Lissie was antun will, bekommt es mit mir zu tun! Ich glaub, es geht los! Allein die Vorstellung, dass sie dich vielleicht wirklich über Bord geworfen hätten! Kind, ich darf gar net dran denke! Und dann auch noch Drogen! Glaub ja net, dass einer von denen davonkommt!«

Ich schmunzle noch einmal. Meine Mama, die Löwenmutter. Ich könnte mich in diesem Moment nicht sicherer fühlen – selbst wenn ich eine Polizei-Hundertschaft zur Verteidigung im Rücken hätte.

»Und würde bitte eine weitere Person Kapitän Berggrün verständigen. Schließlich hat er immer noch das Hausrecht und darf die Personen offiziell festsetzen. Wir wollen ja, dass alles mit rechten Dingen zugeht und das anschließende Verfahren nicht an einem Formfehler scheitert.«

»Wenn zwei verantwortlich sind, ist keiner verantwortlich«, sagt mein Vater entschlossen und ergänzt bereits im Davongehen:

»Ich werde den Kapitän höchstpersönlich von der Brücke holen! Wo soll ich mit ihm hinkommen?«

Sebastian Lochs Blick verrät, dass er sich darüber noch keine Gedanken gemacht hat.

»Wie wäre es mit dem Backstage-Bereich der Bühne? Da haben wir Ruhe und Platz«, schlage ich pragmatisch vor. »Danach kann sie der

Kapitän immer noch in eine Kabine sperren.«

Der Kommissar nickt und macht danach mit dem Kopf eine auffordernde Geste in die Runde.

»Gehen wir!«

Nachdem Kommissar Loch zur großen Enttäuschung der meisten Teilnehmer der »Schiff und Meer«-Tour nach der Ankunft hinter der Bühne nur noch drei Gruppenmitglieder als Amateur-Wachen dabehalten, und die anderen in ihre Kabinen geschickt hat, sitzen wir nun alle um einen schlichten Konferenz-Klapptisch herum. Inzwischen ist auch Kapitän Berggrün in Begleitung von zwei Besatzungsmitgliedern eingetroffen. Mein Vater hat ihn und seine Begleiter ins Bild gesetzt, so dass wir Charly, Carola, den Marokkaner und den Indonesier gemeinsam in Schach halten können. Allerdings sehen alle vier nicht danach aus, einen Fluchtversuch zu starten – wo sollten sie auch hin.

»Herr Kommissar«, sagt Kapitän Berggrün auffordernd. »Ich würde Sie bitten, die Befragung zu übernehmen.« Und mit einem kleinen Seitenblick zu meiner Mutter: »Nicht, dass jemand auf die Idee kommt, wir gehen die Aufklärung nicht professionell an, oder es wird etwas unter den Tisch gekehrt.«

»Danke, Herr Kapitän«, nickt der Kommissar und beginnt:

»So, die Herrschaften. Dass es sich bei den Betäubungsmitteln um Crystal Meth handelt, hat Herr Seifert ja bereits gestanden. Da wir nicht nur ein Päckchen, sondern mehrere gefunden haben, gehe ich mal davon aus, dass das nicht nur für den Eigenkonsum bestimmt war. Von wem bekommen Sie die Drogen und an wen liefern Sie das Zeug?«

Kommissar Lochs Tonfall ist unmissverständlich – nur, wer jetzt auspackt, hat die Chance noch ein wenig an seiner vertrackten Situation zu verbessern. Und so verwundert es mich nicht, dass Charly das Wort ergreift und erst einmal laut seufzt.

»Alles fing damit an, dass ich mit Carola an einem Abend zusammen mit Rambo in der Messe saß. Wir hatten alle frei und auch ein Gläschen genommen.«

»Rambo?«, unterbricht ihn Kommissar Loch skeptisch.

Charly nickt mit dem Kopf in Richtung Eisschnitzer und erklärt: »Ja, Rambo. So heißt er wirklich. Das ist ein gängiger indonesischer Name, wussten Sie das nicht?«

Und fährt fort, ohne unsere Antwort abzuwarten: »Naja, ich wusste es vorher auch nicht. Jedenfalls hatte Rambo was dabei und er fragte, ob wir vielleicht nicht noch jemanden wüssten, der was kaufen würde. Und so lief unser kleiner Handel an. Samir«, er macht mit dem Kopf eine Bewegung in Richtung des Marokkaners, »Samir hat direkt was in Marrakesch klargemacht. Auch in der dortigen Clubszene raucht man nicht mehr nur Wasserpfeife. Und dort in den Souks ist auch ein kleines Zwischenlager. Eigentlich wollte ich wirklich sauber bleiben. Aber wissen Sie, ich hätte nicht gedacht, wie schnell wir dankbare Käufer an Bord finden. Man stellt sich das immer so easy vor – Arbeiten auf dem sprichwörtlichen Traumschiff. Für die Crew ist das aber echt harte Arbeit. Die Schichten sind lang, die Freizeit kurz und die Kabinen zu eng. Das macht es einem leicht, Abnehmer für ein Mittelchen zu finden, das einen länger durchhalten lässt und ein bisschen Spaß bringt.«

Meine Mutter seufzt. Natürlich sind meine Eltern weiterhin mit von der Partie – der Kommissar hat gar nicht erst den Versuch unternommen, sie dazu zu bewegen, mit den anderen in ihre Kabinen zu gehen. Und auch Kapitän Berggrün macht keine Anstalten, sich mit meinen ehemaligen Erziehungsberechtigten anzulegen. Und so sagt nun meine Mutter: »Die junge Leut' von heute! Wir haben früher vielleicht mal einen Puschkin Kirsch mehr gezwitschert, aber ich wäre nie auf die Idee gekommen, was einzuschleudern. Ich hätte gar nicht gewusst, wo ich so ein Teufelszeug hätte herbekommen sollen!«

Ich denke, meine Mutter meint »einwerfen« und ich glaube ihr außerdem gerne, dass sie damals wie heute wirklich nicht gewusst hätte, wen sie in unserem Dorf nach Drogen fragen sollte. Die verrufensten Ecken in Traunbach sind dort, wo nicht jeden Samstag ordnungsgemäß und für die Nachbarschaft gut sichtbar die Straße gekehrt wird. Und davon gibt es nicht sehr viele. Heutzutage wird in unserem Dörfchen sicher auch das eine oder andere gedealt, aber im Grunde geht es bei uns relativ gesetzeskonform zu – dafür sorgt schon die Tatsache, dass jeder jeden kennt und weiß, was der andere so treibt. Nun ja, so ganz stimmt das auch nicht mehr – Wissen schützt leider auch nicht immer vor Kriminalität. Im Gegenteil ... Aber das ist eine andere Geschichte.

Charly fährt fort: »Und dann hat sich alles so entwickelt. Rambo hat das Crystal in Indonesien besorgt, wo die Drogenlabore trotz hoher Strafen wie Pilze aus dem Boden schießen und dankbar für neue Abnehmer sind. Die machen einem 'nen ziemlich guten Kurs. Carola hat die Mengen dann in ihrer Praxis abgewogen und portioniert und gemeinsam haben wir es vertickt. Mir hätte das kleine Zubrot auf dem Schiff ja gereicht, aber Madame hier ...«, Charly zeigt mit dem Tramperdaumen auf Carola, »... konnte den Hals ja nicht voll genug kriegen und wollte das Geschäft groß aufziehen.«

Die Schiffsärztin sieht ihn abfällig an, sagt aber nichts. Stattdessen erklärt Charly: »Und es hätte auch funktioniert, wenn uns Daniel nicht in die Quere gekommen wäre. Wieso musste er auch plötzlich einen auf Vater machen und sein Gewissen entdecken.«

»Wieso Vater?«, fragt der Kommissar.

»Na, Daniel Kaiser war der Vater von Max Hollenhuber!«, sage ich schnell und ein wenig vorwurfsvoll, denn ich will wissen, wie es weitergeht.

Sebastian schaut mich immer noch fragend

an. Deshalb schiebe ich erklärend hinterher: »Das hat uns doch Georg Schneider schon beim Frühstück erzählt!« Dann bemerke ich meinen Fehler und korrigiere mich: »Ach ja, stimmt. Da warst du ja gar nicht dabei.«

»Ich verstehe trotzdem noch nicht, warum es eine Rolle spielt, dass Daniel Kaiser der Vater eines Travestiekünstlers war.«

Nachdem die Schiffsärztin keine Anstalten macht, für Aufklärung zu sorgen, und sich wohl entschlossen hat, ihr Schweigen nicht zu brechen, ergreift Charly wieder das Wort:

»Daniel hatte erst ein paar Wochen vor der Reise erfahren, dass Max sein leiblicher Sohn aus einer früheren Affäre ist. Er wollte ihn besser kennenlernen und ist deshalb bei der Travestietruppe eingestiegen. Öffentlich machen wollte er das neue Familienmitglied aber erst einmal noch nicht. Daniel befürchtete, dass seine jetzige Frau davon nicht begeistert sein könnte. Frau Kaiser stammt aus einer wohlhabenden, konservativen Familie, für die uneheliche Kinder auch in der heutigen Zeit noch ein Problem darstellen.«

»Trotzdem hat sie gemerkt, dass etwas nicht stimmt«, erkläre ich dem überraschten Kommissar und ergänze: »Dass er sich komisch benommen und fadenscheinige Begründungen vorgeschoben hat, wenn er abends wegging, um mit der Truppe heimlich zu proben, kam auch Frau Kaiser komisch vor. Wobei sie sicher erst einmal an eine andere Frau und nicht an einen plötzlich aufgetauchten Sohn dachte, mit dem ihr

Ehemann in Frauenkleidern gemeinsam auf der Bühne steht. Schließlich hat sie Georg Schneider auf ihren Ehemann angesetzt, um herauszufinden, was mit ihm los war.« Schiebe ich erklärend hinterher.

Sebastian nickt.

»Ich habe mich schon gewundert, dass Herr Schneider auch mit an Bord ist, denn dass der Privatschnüfflerjob so viel abwirft, um sich diese Reise leisten zu können, habe ich keine Minute geglaubt.«

»Woher wusstest du von der Sache mit Daniel und Max«, frage ich bei Charly nach.

»Max hat Daniel angedeutet, dass er bei uns einsteigen wollte und dass auch Carola mit drin hängt. Bereits im letzten Jahr war Daniel mit seiner Frau auf diesem Schiff und hatte dort Caro kennengelernt. Sehr gut sogar ...«

Charly lässt seine Bemerkung im Raum stehen und sieht die Schiffsärztin an, wohl auf irgendeine Reaktion hoffend. Aber die Reinhardt schweigt weiter mit undurchdringlichem Blick. Also ist es wieder Charly, der weitererzählt: »Jedenfalls hat er uns gedroht, wir sollen Max da rauslassen, sonst würde er uns auffliegen lassen. Natürlich wäre seine Alte auch nicht begeistert gewesen, wenn sie von der Affäre mit Caro erfahren hätte. Aber Daniel hat ziemlich deutlich geäußert, dass er es darauf ankommen lassen würde. Dass er beziehungsweise seine Frau hervorragende Beziehungen zu den Eignern des Schiffs haben müssen, hatte er schon bewiesen, indem er der Travestietruppe dieses

Engagement verschafft hat, um mit Max ein paar Tage verbringen und ihn besser kennenlernen zu können. Wir hätten alle unsere Jobs verloren, wenn er ausgepackt hätte, und vielleicht noch mehr.«

»Was heißt einsteigen? Welchen Part sollte Max denn bei der Sache spielen?«, hakt der Kommissar nach.

»Naja … «, druckst Charly rum – er ist sich wohl noch immer nicht sicher, ob er sich mit seinen Aussagen weiter reinreitet oder entlastet. Schließlich fährt er fort: »Max wollte den Kölner Raum für uns versorgen. Rambo hätte das Crystal Meth weiterhin beschafft, wir hätten es auf dem Schiff nach Europa beziehungsweise Deutschland geschafft. Samir hätte den afrikanischen Markt klargemacht und Max sollte die Kölner Szene beliefern.«

»Aber Max ist nun auch tot«, stelle ich fest, aber Charly sagt schnell: »Damit habe ich nichts zu tun! Und mit dem Tod an Daniel Kaiser auch nicht!«

»Es war also wirklich Mord?«, hakt Sebastian nach.

»Naja, ich würde sagen, Caro hat es immerhin billigend in Kauf genommen, dass Daniel abnippelt.«

Die Schiffsärztin verzieht weiterhin keine Miene und es ist allen klar, dass sie ohne Anwalt auch während des Rests der Befragung nichts sagen wird.

»Nur gut, dass die liebe Caro sonst nicht so

zurückhaltend ist, vor allem nicht im Bett. Sie wissen schon«, erklärt Charly vielsagend und wendet sich wieder dem Kommissar zu.

»Daniel war schwer herzkrank und hatte deshalb immer sein Nitrospray für den Notfall dabei. Leider wurde seine Flasche offenbar durch den Flug beschädigt und hat sich von alleine entleert. Er war deshalb bei Caro in der Praxis, aber sie hatte gerade keins da, wollte es aber beim nächsten Anlanden besorgen. Dumm nur, dass er ihr gegenüber angesprochen hat, dass ihm Max bereits Andeutungen von seinen Drogenplänen gemacht hatte. Der gute Max wollte wohl seinen vermeintlichen Lover direkt am Geschäft beteiligen. Und Daniel teilte Caro unmissverständlich mit, dass er nicht zulassen würde, dass sein Sohn auf die schiefe Bahn gerät.«

»Und dass du direkt Max ins Boot holen wolltest? Das ging aber auch schnell«, sage ich. »So von einem Tag auf den anderen.«

»Naja, die Travestieshow wurde für zwei Touren gebucht. Sie sind schon vor gut zwei Wochen an Bord gekommen. Wir kamen ins Gespräch und haben festgestellt, dass wir einen gemeinsamen Bekannten in Köln haben, der schon mal was vertickt. Und wie das so ist: Wir haben so darüber geredet, wie es wäre, wenn man das eine oder andere nicht mehr über Dritte kaufen müsste. Und so nahm das alles seinen Lauf.«

»Aber warum musste der arme Herr Kaiser sterben?«, fragt meine Mutter gleichsam neugierig wie auch traurig.

Charly fährt fort: »Caro verabredete sich unter einem Vorwand mit Daniel am Pool, um rauszukriegen, ob er uns ernsthaft hopsnehmen wollte. Wahrscheinlich hat sie darauf spekuliert, dass sie ihn noch mal um den Finger wickeln kann. So wie sie es bereits im letzten Jahr geschafft hat, als Daniel in Begleitung seiner Frau auf diesem Schiff war, wie sie mir – nicht ohne Stolz – erzählt hat. Aber ihre Charmeoffensive zog bei Daniel nicht mehr und irgendwie muss der Streit wohl eskaliert sein. Jedenfalls hat er sich ziemlich aufgeregt – vor allem darüber, dass Caro seine Drohungen nicht ernst zu nehmen schien. Wie ernst es ihr aber ist, wenn sie sich etwas in den Kopf gesetzt hat, erfuhr der arme Mann kurze Zeit später am eigenen Leib. Plötzlich griff sich Daniel an die Brust. Erst am Abend die Show, bei der er auch nur mit Mühe sein Nervenkostüm im Griff hatte, dann die Sorge um Max und schließlich der Streit mit Caro – das alles zusammen provozierte wohl einen Herzanfall. Sie wusste ja, dass er kein Spray mehr hatte, um den Anfall zu lindern. Und dann … Die Gelegenheit war günstig: ein kleiner Schups ins eiskalte Wasser … Das hat Daniels schwachem Herz wohl endgültig den Rest gegeben.«

Der Kommissar nickt und sagt: »Wenn ich der Staatsanwalt wäre, würde ich Vorsatz und Heimtücke unterstellen. Dann hieße die Anklage: Mord.«

Er lässt den Satz kurz im Raum stehen, um

dann fortzufahren:

»Aber das habe ich nicht zu entscheiden. Da liegt die Zuständigkeit bei der Justiz.«

Dann wendet er sich an den Kapitän.

»Mit Ihrer Erlaubnis würde ich diese vier Herrschaften gerne in Arrest nehmen und im nächsten Hafen den Kollegen übergeben, die einen europäischen Haftbefehl erwirken, und die Überführung nach Deutschland veranlassen werden.«

Der Kapitän nickt und sagt: »Ich werde arrangieren, dass sie in vier Einzelkabinen untergebracht und Wachen vor den Türen postiert werden.«

Er macht eine Kopfbewegung zu einem seiner Offiziere, der sich daraufhin in Bewegung setzt, um die entsprechenden Vorbereitungen zu treffen. Dabei ruft der Kapitän ihm noch hinterher: »Und zu keinem Besatzungsmitglied ein Wort! Ich werde erst mit der Reederei sprechen, wie wir diese Drogengeschäfte direkt im Keim ersticken. Ich muss mich auf meine Leute verlassen können und kann hier keine Junkies gebrauchen! Kommissar Loch, ich würde es sehr schätzen, wenn Sie mir die entsprechenden polizeilichen Maßnahmen vorschlagen könnten, damit wir möglichst vielen habhaft werden.«

»Das wird zwar nicht einfach – die Besatzung ist recht groß und das Schiff birgt sicher viele Schlupfwinkel, aber Sie können auf meine Unterstützung zählen.«

Der Kapitän nickt dankbar und winkt seinen Offizier davon, der noch wartend in der Tür steht.

»Aber warum musste der arme Max seinem Vater in den Tod folgen?«, frage ich in die Runde.

Charly zuckt mit den Schultern und hebt abwehrend die Arme. »Damit haben wir nichts zu tun.«

»Vielleicht war das aber wirklich ein Unfall, Lissie. Hier deutet nichts auf ein Verbrechen hin«, gibt Sebastian zu Bedenken.

»Darauf deutete bei Daniel erst einmal auch nichts hin. Und trotzdem hat es sich als Mord herausgestellt«, entgegne ich trotzig. Ich sehe Sebastians gerunzelte Stirn und relativiere:

»Ja, ja, ich weiß, dass das der Richter entscheiden muss, aber für mich gehört die Olle hinter Gitter!«

Er nickt.

Da geht die Tür auf und Bernd alias Trude Dreamy kommt mit Elmar alias Barbara Beauty herein, die in eine angeregte Unterhaltung vertieft sind. Beide tragen ihre normalen Männerklamotten. Mit einiger Bewunderung stelle ich wieder einmal fest, dass die meisten schwulen Männer einen ganz exzellenten Modegeschmack haben. Auch, wenn der hünenhafte Bernd nicht mit einer klassischen Modellfigur ausgestattet ist, wirkt er in Jeans, einem Designer-Shirt und passenden Sneakern gut angezogen. Und auch Elmar sieht aus, wie aus dem Ei gepellt. Er trägt ein hellblaues Hemd, dessen Kragen von einem lockeren Schal verdeckt wird, eine marine-blaue Tuchhose und sogar die passenden, blauen Wildlederschuhe mit braunen Applikationen und Schnürsenkeln.

Ich stutze.

»Oh! Stören wir? Wir sind auch gleich wieder weg. Wir wollten nur was aus der Garderobe holen«, sagt Elmar. Er scheint die Situation direkt erfasst und kein großes Interesse zu haben, uns länger Gesellschaft zu leisten als unbedingt notwendig.

»Moment, bitte!«, sage ich bestimmt und sehe Elmar dabei auffordernd an. Widerwillig bleibt der Angesprochene stehen.

»Was ist?«, herrscht er mich unfreundlicher an, als es die Situation erwarten lässt.

»Charly«, sage ich, ohne den Travestiekünstler aus den Augen zu lassen.

»Mit wem hast du dich gestern hinter der Bühne getroffen, um ein bisschen Stoff zu verticken?«

Charly staunt.

»Woher weißt du … also …«

»Sag schon!«, fahre ich ihn ungeduldig an.

»Warum ist das denn wichtig? Ich meine, das spielt doch jetzt auch keine Rolle mehr«, versucht er sich aus der Situation zu winden.

Elmar zuckt mit den Schultern und schickt sich an zu gehen, dabei sagt er: »Keine Ahnung, was hier abgeht, aber dafür braucht ihr mich ja nicht unbedingt.«

»Und ob!« Mein Tonfall ist unmissverständlich, so dass sich mein Vater dem Mann reflexhaft in den Weg stellt. Dabei stemmt er die Hände in die Hüften und setzt sein grimmigstes Gesicht auf. Auf Elmar macht er scheinbar einen so entschlossenen Eindruck, dass der Travestiekünstler stehen bleibt. Ich trete an ihn heran, so dass wir uns genau gegenüberstehen.

»Gestern habe ich noch gedacht, du hast etwas mit Daniels Tod zu tun. Aber stattdessen ist mir gerade klar geworden, dass du den armen Max auf dem Gewissen hast!«, zische ich ihn an.

»Was?«, ruft Bernd aus. Dabei überschlägt sich seine Stimme ein wenig, was angesichts seiner optischen Erscheinung etwas grotesk wirkt – wie eine Maus im Elefanten. Instinktiv tritt er einen Schritt zur Seite und sieht seinen Kollegen von oben bis unten abfällig an.

Elmar zieht hämisch einen Mundwinkel hoch.

»Ich habe keine Ahnung, wovon du sprichst.«

Ich sehe nach unten und deute auf seine Füße.

»Deine Schuhe haben dich verraten.«

Er sieht mir kalt in die Augen und schweigt.

»Seine Schuhe? Ich verstehe überhaupt nichts mehr«, sagt meine Mutter und lässt sich erschöpft zurück in die Lehne ihres Stuhls fallen.

Auch der Rest der Runde sieht mich fragend an.

Auge in Auge stehen wir uns gegenüber und ich bin mir sicher, dass in seinem wie in meinem

Kopf gerade das gleiche Lied gespielt wird: Die Titelmusik von »Highlander« – es kann nur einen geben.

»Charly, erinnerst du dich noch, über was ihr zwei gestern hinter der Bühne geredet habt?«

Es war mehr eine rhetorische Frage, deshalb fahre ich fort, ohne seine Antwort abzuwarten.

»Er hat davon gesprochen, dass er ein Problem für euch gelöst hat. Und dass er jetzt das Geschäft übernehmen werde.«

Charly ist noch einmal blasser geworden.

»Wo ... woher weißt du ...? Wir waren doch alleine. Ich verstehe nicht ...«, stammelt er eine Erklärung suchend.

»Das würde mich jetzt aber auch interessieren«, bekundet der Kommissar sein dienstliches Interesse.

Ich fahre erklärend fort: »Ich hatte meine Mutter hinter die Bühne begleitet und war dabei, mir den Weg zurück durch die Vorhänge zu suchen. Das ist gar nicht so einfach, da es dort ziemlich duster ist – ein ideales Plätzchen, wenn man nicht gestört werden will. Jedenfalls stand ich gerade auf der anderen Seite der Vorhänge, als die beiden hinter die Bühne kamen und ihr kleines Geschäft abgewickelt haben«, erkläre ich, ernte aber immer noch fragende Blicke.

Ich deute noch einmal auf die Füße des Travestiekünstlers.

»Seine Schuhe. Ich habe seine Schuhe gesehen, wie sie unter dem Vorhang hervorlukten. Die Vorhänge sind dick und dämmen ziemlich gut, so dass sie mich Gott sei Dank nicht bemerkt haben. Dafür konnte ich sie belauschen und habe ihr Gespräch mit angehört. Dass der eine Charly war, wurde mir erst klar, als er dem zweiten Mann erzählt hat, dass er mir die Tütchen mit dem Stoff abgenommen hatte. Aber ich konnte nicht erkennen, wer der andere war, mit dem er sich unterhielt. Aber jetzt bin ich mir sicher, denn dein ausgefallener Geschmack hat dich verraten. Sebastian, was meinst du: Selbst, wenn wir die Schuhe aller Passagiere und der Crew checken würden: Ich halte es für unwahrscheinlich, dass noch jemand anderes so feine, blaue Wildlederschuhe mit braunen Mustern und den entsprechenden Schnürsenkeln trägt.«

Elmar sieht mich giftig an.

»Und was sollen meine Schuhe mit dem Tod von Max zu tun haben?«, fragt er schnippisch, aber nicht mehr so selbstsicher wie noch vor ein paar Minuten.

»Die Schuhe beweisen, dass du es warst, der sich mit Charly getroffen hat. Und der das Problem für diese feine Gesellschaft gelöst hat. Und du, Charly …«, wende ich mich meinem Ex zu. »Du warst bereit, ihm das Crystal Meth dafür günstiger zu verkaufen, um das Geschäft in Köln zum Laufen zu bringen.«

Charly presst die Lippen so fest zusammen, so dass sie sich weiß verfärben.

»Herr Seifert, ich kann es nur noch einmal wiederholen«, redet nun der Kommissar auf Charly ein.

»Wenn Sie alles auf den Tisch legen, können Sie in dem Fall als Kronzeuge auftreten. Damit bekommen Sie vielleicht eine letzte Chance. Vermasseln Sie es jetzt nicht.«

Charly schluckt hart. Dann nickt er.

»Ja, es ist wie Lissie vermutet«, sagt er knapp.

»Du blödes Arschloch! Halt doch die Klappe! Dir stopfe ich dein Mundwerk«, platzt es aus Elmar heraus. Er hebt die Faust und will auf Charly losgehen, aber da hat er die Rechnung ohne den sonst so friedlichen Bernd gemacht. Der Hüne packt seinen Kollegen von hinten und umfasst fest seine Arme. Elmar windet sich und zappelt, aber sein ehemaliger Freund kennt kein Pardon.

»Pack jetz us, was du mit de arme Max jemacht häss, sonst verjess isch misch«, zischt er von hinten in seinem kölschen Dialekt und drückt wie zum Beweis noch ein weniger fester zu.

»Du brichst mir die Arme«, winselt der in den Schwitzkasten Genommene.

»Wenn de nich sofort alles jestehst, brech ich dir die Rippcher och noch met!«, droht Bernd.

»Ok, ok, aber lass mich jetzt los!«, ächzt Elmar.

Bernd wirft dem Kommissar einen fragenden Blick zu. Der nickt: »Ja, lassen Sie ihn los. Ein erzwungenes Geständnis wäre eh nichts wert.«

Der Hüne nickt und lässt seinen Kollegen los.

Dieser schnauft tief durch und reibt sich die

schmerzenden Oberarme, dann beginnt er zu erzählen: »An dem Abend nach der Show mit dem Kommissar, als wir uns noch auf dem Oberdeck treffen wollten, bin ich mit Max schon mal vorgegangen. Da fing er an zu jammern. Dass Daniels Tod ein Zeichen gewesen sei. Dass er sein Leben ändern würde. Und dass er damit anfangen würde, euch alle beim Kommissar zu verpfeifen. Er konnte ja nicht wissen, dass ich auch mit drin hänge – wenn auch nur als Kunde.«

»Bis dahin nur als Kunde«, stelle ich fest und mutmaße: »Und dann hast du die Chance erkannt, zwei Fliegen mit einer Klappe zu schlagen: Max könnte niemanden mehr auffliegen lassen, und du könntest seinen Platz einnehmen und in Köln das Geschäft aufziehen.«

Er sagt nichts, senkt den Blick und nickt.

»Max war aber auch so betrunken, dass er wahrscheinlich sogar selbst über die Reling gefallen wäre. Er breitete die Arme aus, hat einen auf Titanic gemacht und sich über die Brüstung gelehnt. Es war nur ein kleiner Schubs …«

»Haben wir das heute nicht schon mal gehört?«, fragt meine Mutter und seufzt: »Ob Schubs oder Stoß: Das Ergebnis bleibt das Gleiche. Zwei Menschen sind tot. Ein Vater, der eben erst seinen Sohn gefunden hat, ihn aber noch im Unwissen gelassen hat. Und ein junger Mann, der – ohne es zu wissen – in seinen Vater verliebt war.«

Sie schüttelt den Kopf: »Das ist ja wie im

Krimi.«

Ausschiffen

Mein Smartphone piept. Eine Nachricht von Micha.

Na? Langweilst du dich auch ordentlich zwischen den ganzen Senioren?

Ich lächle schief. Wenn der wüsste. Ich antworte:

Ja, total öde hier.

Ich überlege, ob ich »ohne dich« ergänzen soll, entscheide mich aber dagegen. Ich glaube nicht, dass das mit Micha und mir eine Zukunft hat. Deshalb wäre es nicht fair, ihm falsche Hoffnungen zu machen.

Mein Smartphone piept erneut.

Vermisst du mich?

Nein.

Nein.

Tsching. Noch eine WhatsApp-Nachricht.

;-)

Ich seufze. Es ist völlig grotesk, dass man in Liebesdingen immer genau das Gegenteil erreicht, was man mit seinem Tun bezweckt. Wenn man so richtig in jemanden verknallt ist, so dass das Herz hüpft und man das Gefühl hat, es keine Minute ohne den anderen aushalten zu können, erreicht man mit den zahlreichen Liebesbekundungen meistens nur, dass das

Opfer völlig genervt ist. Zeigt man andererseits einem Verehrer, an dem man nicht wirklich interessiert ist, die kalte Schulter, kann man sich vor entgegengebrachter Hartnäckigkeit nicht retten. Je öfter man »Nein« sagt, desto öfter bekommt man ein »Ja«. Oder eben einen zwinkernden Smiley. Trotzdem möchte ich das Risiko nicht eingehen, Micha mit gespielter Liebe zu überhäufen, in der Hoffnung, dass er das Weite sucht. Denn was, wenn nicht.

   Ich lege mein Smartphone in meine Strandtasche und halte die Nase in die Meeresbrise. Ich liege am Pool, die Sonne scheint, und das Meeresrauschen beruhigt die aufgewühlte Seele. Ich setze die vollverspiegelte Sonnenbrille auf, drehe den Kopf etwas zur Seite und lausche dem Gespräch von drei Männern. Einer hat sich auf der übernächsten Liege ausgestreckt, die zwei anderen sitzen auf der daneben. Alle drei haben Drinks in der Hand, die einer von ihnen gerade eben von der Bar geholt hat. Sieht aus, als wäre es Mojito. Ich schätze, die drei sind so zwischen fünfundvierzig und fünfundfünfzig, obwohl sie sich große Mühe geben, jugendlicher zu wirken, als es die Falten um ihre Augen zulassen. Der eine trägt für meinen Geschmack ein paar geflochtene Stoffbändchen zu viel ums Handgelenk – noch nicht so viele wie Wolle Petry zu seinen besten Zeiten, aber schon nah dran. Dafür glitzern bei dem Zweiten drei verschieden lange Goldkettchen im Ausschnitt des weißen, lässig aufgeknöpften Hemds, das eine Sonnenbank-vorgebräunte Brust entblößt. Der Dritte ist keine

1,70 m groß, trägt einen Dreitagebart, der ihn wohl besonders verwegen aussehen lassen soll. Mich erinnert es eher ein bisschen an ein Hipster-Rumpelstilzchen.

»Hast du die Maus an der Bar gesehen?«, sagt der mit den Armbändern und schnalzt mit der Zunge.

»Wenn du den Feger aufreißen willst, musst du aber morgens noch ein paar Situps mehr machen«, grinst der mit den Goldkettchen und haut seinem Freund freundlich gegen die zugegebenermaßen kleine Plautze.

»Apropos«, schaltet sich der Dritte ein. »Gehen wir später noch ein paar Gewichte stemmen?«

Zustimmendes Nicken.

»Ich freue mich schon aufs Essen. Ich habe heute Morgen den Koch, der die geilen Omeletten macht, gefragt, was es heute Abend gibt.«

Er macht eine vielsagende Pause, um sich der Aufmerksamkeit seiner Kumpels auch wirklich sicher zu sein.

»Flanksteak!«, sagt er dann triumphierend.

»Geil!«

»Ja, ordentlich Fleisch!«, erntet er die erhoffte Zustimmung.

»Ey, was liest du denn da?«, fragt jetzt der Bartträger und greift nach dem Buch von dem Typ auf der Liege. Er nimmt es in die Hand und liest den Titel laut vor:

"Sexuelle Intelligenz. Neues Denken für mehr

erotische Leidenschaft.«

»Was? Gib mal her!«, sagt der andere und greift sich mit seiner Armbändchenhand das Taschenbuch.

»Ey, Rick, du hast es ja wohl nötig.«

Rick zuckt mit den Schultern und grinst: »Man hat erst ausgelernt, wenn alle deine Finger an der Hand gleich lang sind.«

Den Spruch muss ich Papa erzählen, denke ich, und lehne mich zurück.

Die drei plaudern noch ein Weilchen – über die neuesten Automodelle, ob jemand schon die Fußballergebnisse hat, und wer wohl dieses Jahr die Formel 1 gewinnt.

Ich schließe die Augen, grinse wie ein Honigkuchenpferd angesichts dieser alle Klischees erfüllenden Unterhaltung und überlege, ob es vielleicht gar nicht an Micha liegt, dass mein Herz nicht hüpft. Vielleicht wird mir nur die Spezies Mann von Jahr zu Jahr fremder. Allein die Vorstellung, mit einem dieser drei Exemplare leben zu müssen, die vielleicht genug Kohle nach Hause bringen, sich dann aber irgendwann in der Muckibude 'ne zwanzig Jahre jüngere Braut aufreißen, um sich zu beweisen, dass sie noch mithalten können, lässt mich eine Gänsehaut bekommen. Die kann aber auch davon herrühren, dass sich etwas zwischen mich und die Sonne geschoben hat, deren Strahlen mich bisher so angenehm gewärmt haben. Ich öffne die Augen und blinzle. Sebastian steht vor der Liege. Er trägt Badeshorts und hat ein Handtuch lässig über die Schulter geworfen.

»Ist da noch frei?«, fragt er höflich.

Ich mache eine einladende Handbewegung, er wirft das Strandtuch auf die Liege und lässt sich neben mir nieder. Ich freue mich, ihn zu sehen und lächle ihn an. Mein Herz schlägt ein bisschen schneller und ich weiß, dass ich der Männerwelt keinesfalls abgeschworen habe. Es muss nur der Richtige kommen.

Er sieht mir in die Augen, lächelt und fragt:

»Können wir jetzt endlich Urlaub machen?«

Bevor ich antworten kann, höre ich eine weitere vertraute Stimme.

»Lissie, hör mal«, sagt meine Mutter und jetzt ist sie es, die mir erneut die Sonne verdeckt.

»Die Frau Kraft hat mich heute Morgen ganz aufgeregt angerufen. Der Michael fragt sie dauernd, ob sie was von uns gehört hätte. Er würde dich so schlecht erreichen und macht sich Sorgen, ob es uns gut ginge. Ich verstehe gar nicht, was ihn das so interessiert. Ist das nicht der Freund von Doris?«

Ich schüttle schnell den Kopf und erkläre, dass Doris und Michael kein Paar mehr sind.

»Und was will er dann von dir?«, fragt meine Mutter nach.

»Ja, das würde mich auch interessieren«, grinst Sebastian schelmisch von der Seite.

»Ach ja?«, sagt meine Mutter erstaunt und lächelt den Kommissar freudig an.

Jetzt ist es Sebastian, der sich kurz ertappt fühlt, dann aber souverän antwortet: »Ach, Frau

Sommer, reine professionelle Neugier.«

Meine Mutter schaut ihn ein wenig enttäuscht, aber auch durchdringend, an. Ich glaube, sie nimmt ihm diese Ausrede nicht ab, will aber auch nicht weiter insistieren.

»Na gut«, sagt sie dann und erklärt: »Ich glaub ja, die wollte nur mal wissen, was wir hier so machen, damit sie es in der Metzgerei rumerzählen kann. Ihr Egon würde ja so 'ne Reise net mir ihr machen. Ihr wisst ja: Was der Bauer net kennt …«

Sie nickt, mehr zu sich selbst, hebt dann die Hand zum Gruß und sagt: »Ich geh mal deinen Vater suchen! Wir sind zum Shuffleboard spielen verabredet, aber wie ich ihn kenne, will er sich wieder drücken.«

Doch bevor Sie gehen kann, steht Kapitän Berggrün plötzlich neben ihr.

»Ach, gut, dass ich Sie treffe, Frau Sommer«, sagt er mit seinem professionellen Lächeln im Gesicht. »Ist alles zu Ihrer Zufriedenheit?«

Meine Mutter legt dem Kapitän vertraut die Hand auf den Unterarm und sagt: »Zufrieden ist gar kein Ausdruck, Herr Kapitän. Ich weiß gar nicht, wie Sie das schaffen! Wenn Sie sich um alle Passagiere so rührend kümmern, wie um uns, kommen Sie ja gar nicht mehr dazu, den Kahn zu steuern. Sie können sich darauf verlassen: Ich werde die Reise wärmstens weiterempfehlen und das auch Judith berichten, damit sie das an die Kunden weitergeben kann.«

Der Kapitän strahlt und mutmaßt: »Ach, da bin

ich aber froh. Ich dachte schon, diese unschönen Vorfälle hätten ihre Urlaubsfreude getrübt. In welcher Abteilung bei der Reisegesellschaft arbeitet denn ihre Freundin eigentlich?«

Meine Mutter lacht und erklärt: »Ei, die Judith arbeitet sozusagen in jeder Abteilung.«

Kapitän Berggrün stutzt: »Sie meinen, sie ist die Chefin?«

Meine Mutter nickt und sagt dann: »Ja, sie ist die Chefin, und die Buchhalterin und die Sachbearbeiterin und auch die Putzfrau. Sie wissen ja, wie das ist. Selbst und ständig.«

»Ich verstehe nicht ganz«, sagt der Kapitän verwundert und hakt weiter nach: »Arbeitet sie denn nicht in der Zentrale?«

»In der Zentrale? In welcher Zentrale? Judith ist die Inhaberin des Reisebüros in Traunbach.«

Der Kapitän starrt meine Mutter verständnislos an.

»Aber ... aber ... Sie sagten doch, sie würden jemanden bei der Reisegesellschaft kennen.«

»Ja, natürlich«, sagt meine Mutter wie selbstverständlich. »Mit der Judith sind wir schon lange bekannt. Ist das nicht die Reisegesellschaft?« fragt sie mich.

»Nicht so ganz«, sage ich und bin froh, dass ich die verspiegelte Sonnenbrille aufhabe. Ich könnte dem Kapitän jetzt nicht in die Augen sehen.

»So, jetzt muss ich aber wirklich los. Sonst komme mir zu spät zum Shuffleboard.

Und schon ist sie verschwunden.

Auch der Kapitän trollt sich. Ich kann noch eine Spur von Erleichterung auf seinem Gesicht erkennen. Vielleicht ist ihm gerade aufgegangen, dass er meine Mutter zwar einerseits ganz umsonst mit seinen kleinen Bestechungsversuchen umgarnt hat. Aber er muss andererseits auch wirklich nicht befürchten, dass jemand seine Verbindungen ins Haus des Reiseveranstalters nutzt, um ihm Schwierigkeiten zu machen.

»Also?«, fragt Sebastian, als sich beide außer Hörweiter befinden.

»Also?«, stelle ich mich unwissend, aber ich kann mir schon denken, was er noch wissen will.

»Also, du heiratest demnächst den Sohn vom Metzger?«, sagt Sebastian provozierend und spielt noch einmal auf den Anruf von Frau Kraft bei meiner Mutter an.

Ich sage nichts und ziehe stattdessen nur eine Augenbraue hoch.

»Das wäre jedenfalls fürs Geschäft nicht schlecht. Dann bekommst du die Bratwurst für deine Kneipe zu Sonderkonditionen.«

Ich schweige weiter, grinse und ziehe erneut die Augenbraue hoch.

Er lehnt sich auf seiner Liege zurück und verschränkt die Arme hinter dem Kopf.

»Du könntest noch was mit dem Bäcker oder dem Getränkelieferanten anfangen«, feixt er weiter.

Dann dreht er sich zu mir um und fragt: »Also,

Frau Sommer, raus mit der Sprache: Was muss ein Mann haben, um dein Herz zu erobern?«

Ich zucke mit den Schultern, schaue ihn an, lächle und sage: »Du bist doch Kommissar, Herr Loch. Finde es heraus.«

Danksagungen

Mein erster Dank wird immer meinen Eltern gelten, die mich unterstützen, egal, was ich tue – auch, wenn sie manchmal anderer Meinung sind. Danke vor allem für euren Humor und die Gelassenheit, über euch selbst lachen zu können.

Lieben Dank meinen guten Freunden, die nicht müde werden, mich anzufeuern, meinen Weg weiterzugehen. Die Fehler aufspüren, Ratschläge geben – ohne besserwisserisch zu sein, und mehr an mich glauben, als ich es tue.

Herzlichen Dank an die Crew des Midnight by Ullstein-Verlags, die mir diese wunderbare Chance gegeben haben und mich mit professioneller Unterstützung auf meinem Weg begleiten.

Und Danke an die Leser und Fans von Ausgeplappert. Lissie Sommers erste Leiche. Für mich ist es immer noch faszinierend, dass »Wildfremde« mein Geschriebenes kaufen, lesen und schätzen.

Und natürlich sind alle Figuren frei erfunden und Ähnlichkeiten mit lebenden und toten Personen rein zufällig!

Leseprobe:

„Ausgeplappert – Lissie Sommers erste Leiche

Gerüchte zum Frühstück

Ich niese.

»Geh fott! Du hast schon wieder keine Schuhe an!«, schimpft meine Mutter. »Du wirst dich noch erkälten!«

Ich laufe zu Hause – seit ich 15 bin – barfuß herum, da man mit Beginn der Pubertät Hausschuhe doof findet. Und habe mich trotzdem noch nie erkältet. Jedenfalls nicht vom Zu-Hause-ohne-Schuhe-Herumlaufen. Sonst war ich natürlich schon mal erkältet. Dann hatte ich aber auch das Bedürfnis nach warmen Füßen und habe wenigstens Socken angezogen. Hausschuhe finde ich nach wie vor so eher mittel.

Ich sitze auf dem Balkon meiner Eltern in der hessischen Idylle meines Geburtsortes. Eigentlich ist Traunbach eine Kleinstadt, obwohl es weder ein Kino noch ein Theater gibt. Das Jugendzentrum hat vor Jahren zugemacht, und das Bürgerhaus wird selbst von den Tourneen abgehalfterter B-Schauspieler nicht mehr bedacht. Ich glaube, es liegt am Asbest. Also im Bürgerhaus. Aber immerhin haben wir eine

Eisdiele – ich schätze, auch das nur, weil dort die italienische Mafia ihr Geld wäscht. Wie kann man sich sonst erklären, dass der Laden jede Saison unter einem neuen Namen, aber mit gleicher Mannschaft wieder öffnet.

 Überhaupt: An Gaststätten und Kneipen mangelt es Traunbach nicht – wenigstens hat man sich den Sinn für Esskultur bewahrt. Oder Trinkkultur. Je nach Etablissement. Wahrscheinlich findet man deshalb immerhin auch Geschäfte, die den täglichen Bedarf an Käse, Wurst, Obst, Gemüse und Wattestäbchen abdecken – die Eingeborenen essen und trinken halt gern. Und doch ist es eher ein Dorf als eine Kleinstadt: Jeder kennt jeden. Und wenn man jemanden nicht kennt, heißt das noch lange nicht, dass man nicht trotzdem eine Meinung zu allem und jedem hat.

 Ich sitze also in der Sonne, es ist Mai, aber die Temperaturen erinnern bereits an Juli, sodass ich eigentlich auch deshalb keinen Grund dafür sehe, warum ich im »Hochsommer« mit Schuhen rumlaufen sollte – auch wenn der Kalender noch steif und fest behauptet, es wäre später Frühling. Es ist ein herrlicher Samstagmorgen. Wir sind gerade dabei, ausgiebig zu frühstücken, und jetzt muss ich noch einmal gähnen.

 Auch wenn ich inzwischen nur noch ab und zu an den Wochenenden zu Besuch da bin, hat sich das samstägliche Frühstücks-Weck-Ritual meines Vaters nicht geändert. Meistens werde ich bereits vom Knarren unserer Treppenstufen das erste Mal gegen halb acht wach. Spätestens zu dieser Uhrzeit hält es meine Eltern nicht mehr in der Horizontalen: Senile Bettflucht. Papa kann dann mit Duschen und Frühstückstischdecken noch eine Dreiviertelstunde rausschinden, bevor er spätestens um halb neun singend in mein Kinderzimmer in den zweiten Stock getapert kommt, den Rollladen hochzieht und fragt: »Frühstückst du mit, oder willst du weiterschlafen?«

»Hab ich eine Wahl?«

»Du musst ja nicht. Kannst auch weiterschlafen«, brummt er ein bisschen eingeschnappt.

Seit Jahren führen wir nahezu den gleichen Dialog. Ich seufze ein bisschen zu theatralisch, blinzle und rapple mich hoch. Das Samstagmorgen-Frühstück genieße ich immer besonders. Der Tag ist noch ganz jung, es gibt frische Brötchen vom Bäcker, der noch selbst knetet, statt polnische Teigrohlinge aufzubacken, und ein gekochtes Ei. Und das mit der frühen Uhrzeit werden wir wohl in diesem Leben nicht mehr ändern können.

»Juhuuuuu«, schreit es von der Straße zu uns auf den Balkon hoch. »Habt Ihr noch 'n Weck für mich?«

Es ist Carla.

»Komm hoch. Warte, ich mach dir auf«, schreit ihr meine Mutter entgegen.

»Morgenstund hat Gold im Mund«, murmelt mein Vater in seinen nicht vorhandenen Bart, und ich kann dabei die Ironie in seinem Tonfall heraushören. Ich muss grinsen.

Carla kommt die Treppe hochgejuckelt. Sie greift ihren etwas zu ausladenden Sommerhut und wirft ihn auf unser Sofa, bevor sie auf den Balkon tritt. Mein Vater stellt ihr schweigend einen Stuhl hin, und meine Mutter steht mit einem weiteren Kaffeegedeck in der Tür.

»Na, das passt ja gut«, sagt Carla und lässt sich auf den bereitgestellten Stuhl fallen. »Schee, immer wieder schee hier bei euch. Und du bist auch mal wieder im Land?«, sagt sie zu mir gerichtet und hält meinem Vater erwartungsvoll die Kaffeetasse hin. Mein Vater nuschelt ein »Guten Morgen!«, verzieht ein bisschen das Gesicht, sagt aber nichts weiter und schenkt Carla eine Tasse Kaffee ein. Carla wartet meine Antwort erst gar nicht ab, dreht sich zu meiner Mutter um und klopft auf das Sitzkissen.

»Ei, warum setzt du dich denn nicht?«

Carla ist die beste Bekannte meiner Mutter. Sie kennen sich seit der Schule – wie man sich eben so in einem Dorf kennt -, sie waren als Teenies gemeinsam im Urlaub und haben irgendwie ihr halbes Leben mit irgendwelchen Feten und Dorftratsch zusammen verbracht. Obwohl beide ihre eigenen Freundeskreise, Hobbys und Männer pflegten, hat sich diese Liaison irgendwie über die Jahre gerettet. Ob es eine Freundschaft ist? Dafür sind die beiden eigentlich zu unterschiedlich. Beim Blick auf meine nackten Füße hätte meine Mutter gerne, dass ich Schuhe anziehe, Carla fände es besser, wenn ich mir die Fußnägel blau statt dunkelrot lackieren würde.

Meine Mutter setzt sich und protestiert stumm gegen Carlas nassforsche Art, indem sie ihr kein Frühstücksei anbietet. Ich glaube, Carla mag keine Eier oder findet Frühstückseier einfach nicht wichtig. Aber ich weiß genau, wie es jetzt in meiner Mutter rotiert: »Ich hab ja nix dagegen, wenn sie einfach vorbeikommt und sich zum Frühstücken einlädt, aber einfach so koche ihr jetzt nicht noch extra ein Ei. Also wenn sie mal zur Abwechslung fragen würde, dann würde ich ihr natürlich eins kochen. Da ist ja auch nichts dabei. So ein Ei ist ja schließlich schnell gekocht, und was kostet denn auch so ein Ei. Aber sie könnte ja mal fragen. Und wenn sie nicht fragt, dann bekommt sie auch keins. Soll sie sich jetzt ruhig mal Gedanken machen, warum sie kein Frühstücksei vor sich stehen hat.«

Das Problem an den inneren Dialogen meiner Mutter ist, dass sie Carla nicht hört. Und so, wie die durchgeknallteste Mittsechzigerin, die ich je kennengelernt habe, jetzt in ihr Marmeladenbrötchen beißt, verschwendet sie keinen Gedanken an Mamas Frühstücksei oder die damit verbundenen Wenn-dann-Überlegungen.

»Habt Ihr eigentlich schon das Neueste gehört?«, bringt Carla kauend hervor. Ich merke, wie sich der Frühstückseimorgengroll meiner

Mutter der Neugier unterwerfen muss. Carla hat das einzige Shopping-Highlight in Traunbach: Ein Damenoberbekleidungsgeschäft. Sprich: eine Boutique. Ich muss dabei immer an Loriot denken und sage innerlich »Butieke«, obwohl Carla großen Wert darauf legt, dass es sich eben NICHT um ein gewöhnliches Damenoberbekleidungsgeschäft handelt. Wahrlich liegt das an dem, sagen wir mal, ausgefallenen Geschmack.

Ich habe keine Ahnung, ob sie mit den Klamotten eigentlich Geld verdient und wo man so etwas ordern kann. Ich glaube sogar, dass die Sachen, die sie anbietet, wirklich hipp sind oder waren. Nur fehlt Carla erstens das passende Timing – sie ist mit ihrem Modegeschmack entweder ihrer Zeit voraus oder mindestens drei Jahre hintendran – und zweitens ignoriert sie geflissentlich, dass wir uns in Traunbach befinden, das so ziemlich alles ist – nur nicht der Nabel der Modewelt.

Unser Dörfchen ist eigentlich der Nabel von gar nichts auf der Welt. Und seit auch noch die Handkäs-Produktion in den Ruin getrieben wurde, haben wir noch nicht einmal mehr diesen stinkenden Kern hessischer Essenstradition behalten.

Carla hat es sich offenbar in den Kopf gesetzt, trotzdem etwas Großstadtflair nach Traunbach zu bringen. Die Main-Metropole ist schließlich nicht weit, und in unserem Kaff muss es doch wenigstens ein paar modebewusste Damen der Gesellschaft geben, die das Geld und den Mut haben, etwas ausgefallenere Kleidung zu tragen. Es gibt in der Tat ein paar. Denn: »Man hilft sich« in einem Ort wie unserem – auch wenn Carla keine (finanzielle) Hilfe nötig hat. Und trotzdem: Der ortsansässige Einzelhandel wird unterstützt. Man kennt sich, man kauft beieinander ein. Die Schreinersfrau denkt bei einem Carla-Shopping-Besuch an einen potenziellen Auftrag für ihren Mann, die Frau vom Bäcker will sich ebenfalls nicht nachsagen lassen, dass man sich auf der Hauptstraße nicht gegenseitig unterstützt. Ebenso geht es der Frau Apothekerin, und auch die Ehegattin von unserem Metzger lässt sich nicht lumpen und kauft ab und an bei Carla ein. Ich glaube, Gutscheine laufen am besten.

Bei was Carla aber immer auf dem neuesten Stand ist, ist der Klatsch und Tratsch in unserer 10.000-Seelen-Gemeinde. Man kann sich sicher sein, dass man hier die allerfrischesten Gerüchte und Neuigkeiten erfährt – manchmal sogar, bevor es die Beteiligten selbst wissen. Das ist ein Grund, warum ich Traunbach zum Leben und Wohnen den Rücken gekehrt habe – wenn ich auf einem Fest spätnachts auf einem Feldweg einen Typen geküsst habe, wusste es schon das halbe Dorf, noch bevor ich am nächsten Tag aus der Haustür getreten war. Da braucht man sich gar nicht über Facebook oder Google Streetview aufzuregen – Dorfgossip ist schneller als jeder Satellit oder das Internet.

Carla grinst und lässt sich ein bisschen sehr viel Zeit mit der Antwort auf ihre eigene, rhetorische Frage.

»Jetzt lass dir nicht alles aus der Nase ziehen«, kann sich meine Mutter nicht mehr beherrschen – Frühstückseifrust hin oder her. Da ist sie ganz Frau. Und auch mein Vater spitzt die Ohren – was er natürlich nie zugeben würde.

Carla beugt leicht den Kopf nach vorne und flüstert halblaut über den Frühstückstisch: »Der Sohn vom Müller Heini lässt sich scheiden.«

Meine Mutter merkt, dass ihr ein bisschen der Mund offen steht, und schließt ihn schnell. Dann sagt sie: »Das gibt's ja nicht. Wie lange war denn der jetzt verheiratet? Das ist doch noch keine zwei Jahr her! Und die Yoki Yasmin kam doch erst im August auf die Welt!«

Ich verschlucke mich kurz an meinem Milchkaffee.

»Yoki Yasmin? Mama, die haben ihre Tochter nicht ernsthaft Yoki Yasmin genannt! Wie kommt man denn auf so was!« Mir tut das arme Kind wirklich leid. Wer will denn Yoki Yasmin Müller heißen! Ich sehe sie schon vor mir, wie sie auf dem Schulhof deswegen gehänselt wird. Von Kevin Laurin oder Paul Nikita. Na ja …

Carla grinst und erläutert:

»Tja, der hatte mal eine japanische Freundin, die Yoki hieß – das hat er seiner Frau aber erst erzählt, als der Name schon in der Geburtsurkunde stand. Und Yasmin hieß die Pille, die sie in der Zeit genommen hat.

Offensichtlich aber ohne große Sorgfalt – wie man sieht. Die wollten ja eigentlich auch noch gar keine Kinder.« Carla beißt in ihr Brötchen und kaut.

»Und woher weißt du das schon wieder?«, frage ich belustigt.

»Ach, in meiner Boutique erfahre ich so einiges. Und ein kleiner Seidenschal kostenlos on top schafft Vertrauen. Aber diese Sache weiß ich vom Müller Heini direkt. Als er beim Weihnachtsmarkt schon ein paar Schoppen intus hatte, war er sehr redselig, und da sagte er schon, dass es bei den beiden im Gebälk knirscht … Gerade bei solchen Gelegenheiten zahlt es sich meist aus, dass ich keinen Alkohol trinke und mich am nächsten Morgen noch an alle Details erinnern kann.«

Sie zwinkert mir zu und hat ein Lächeln im Gesicht, das man als schelmisch, aber auch als verschlagen bezeichnen könnte.

»Haben wir bei der Hochzeit auch wieder große Geschenke gemacht?« ist das, was meinem Vater – ganz praktisch denkend – dazu einfällt.

»Ei, was willst du da machen? Die hatten uns auch dreißig Euro im Umschlag, als die Oma gestorben ist. Das hatte ich denen auch. Nee, warte mal. Die wollten ja 'nen Gutschein vom Mediamarkt.«

»Drum prüfe sich, wer sich ewig bindet«, schwadroniert mein Vater und ergänzt:

»Hoffentlich haben sie die Namen an den

Fernseher gebabbt.« Er lässt sich von meiner Mutter noch eine Tasse Kaffee einschenken und erklärt:

»Sonst kostet der Scheidungsanwalt mehr, als bei der Hochzeit rumgekommen ist.«

Ich löffle die letzten Reste von meinem Frühstücksei aus und habe immer noch keine Ahnung, um wen es eigentlich geht.

»Kenne ich die?«, frage ich in die Runde.

»Hm.« Meine Mutter zieht die Stirn ein bisschen kraus und überlegt. »Der Müller Heini wohnt mit seiner Frau neben dem Schuster Karl in der Rhöngasse. Und der Sohn ist mit der Ingrid in die Schule gegangen. Aber ich glaube, seine Frau ist aus Kassel. Die kennst du nicht.«

Gut. Einen Versuch war es wert. Da ich aber weder den Schuster Karl kenne noch im Kopf habe, wer wo in der Rhöngasse wohnt und auch den Schuljahrgang von Ingrid, der Tochter unserer Freunde Bernd und Evi, die mindestens vier Jahr älter ist als ich, nicht aus dem Effeff kenne, hat mir die Erklärung meiner Mutter nicht wirklich weitergeholfen. Aber da auch niemand nachfragt, ob ich es nun wirklich verstanden habe, brumme ich ein »Aha« in meinen Orangensaft und verzichte auf weitere Nachfragen.

Carla hat noch ein paar Neuigkeiten in petto, die meine Mutter noch nicht kannte, und so verplaudern wir die nächste halbe Stunde am Frühstückstisch. Mama kocht zwischendurch Carla ein Ei. Aber nur, weil Papa noch eins will und sie deshalb eh den Eierkocher noch einmal anschmeißen kann, und Carla isst nur die Hälfte davon, was – wie ich dem Gesicht meiner Mutter ansehe – sie noch eine weitere Runde ärgert. Selbst schuld.

Ich kenne nicht mal die Hälfte der Leute, um die es geht, wundere mich aber wirklich, woher Carla das alles weiß. Sie sollte vielleicht besser mit ihrem Dorftratsch handeln als mit ihren Klamotten – das könnte eine lukrative Angelegenheit sein.

Unser Kater Pünktchen kommt auf den Balkon geschlurft. Er streckt sich, macht einen Katzenbuckel und gähnt.

Irgendwann stand mein Vater mit zwei maunzenden Wollknäueln im Arm vor unserer Tür.

»Der Bauer Grimm wollte sie ersäufen. Das kann man doch nicht machen. Die kleinen Dinger.«

Meine Mutter war erst gar nicht begeistert, aber schließlich ließ sie sich doch erweichen, und Pünktchen zog mit seiner Schwester bei uns ein. Der graue Kater hatte ein paar weiße Flecken auf der Nase und im Fell, weshalb mein Vater ihn Pünktchen taufte.

»Na, dann heißt der Schwarze aber natürlich Anton«, bestimmte meine Mutter. Es sollte sich zwar noch herausstellen, dass »der Schwarze« eine »Sie« war, aber der Name blieb. So haben wir also seitdem einen Kater Pünktchen und eine Katze Anton.

Pünktchen springt meinem Vater auf den

Schoß und schnuppert Richtung Wurstteller. »Das könnte dir so passen. Die gute Wurst«, sagt mein Vater, streckt sich über den Tisch und gibt Pünktchen eine Scheibe Fleischwurst. Ich wundere mich mal wieder, warum bei mir »Nein« immer »Nein« heißt, aber beim Kater »Ja«. Der Kater freut sich und macht sich mit seiner Beute davon in die Küche.

»Was denn? Der arme Kerl! Die Katz soll ja nicht leben wie ein Hund«, sagt mein Vater erklärend, als er den strengen Blick meiner Mutter sieht.

»Der ›arme Kerl‹ wird noch an Herzverfettung sterben«, sagt meine Mutter nicht so vorwurfsvoll, wie sie gerne gewollt hätte. Wahrscheinlich macht sie sich gerade nur deshalb Vorwürfe, dass sie nicht schneller war und der Kater das Leckerli von meinem Vater statt von ihr bekommen hat. Oder sie hatte ihm schon was in der Küche gegeben.

»So, ich bin dann mal wieder weg, Ihr Lieben«, flötet Carla und erhebt sich. »Danke für das leckere Frühstück. Ich muss jetzt noch mal kurz in die Stadt, bevor ich in mein Lädchen gehe. Ich bin nämlich noch verabredet. Ich bin da einem ganz heißen Gerücht auf der Spur, und mein ›Informant‹«, sie sagt das jetzt so verschwörerisch wie in einem Fernsehkrimi, »will sich heute noch mit mir treffen. Wenn das stimmt, was ich schon gehört habe, und er mir jetzt noch die letzten Details erzählt, wird das der Knaller des Jahres. Dann ist aber in Traunbach was los, des sag ich euch! Ciaoiii!«, greift ihren

Hut vom Sofa und ist auch schon weg, bevor wir noch nachfragen können.

»Die immer mit ihren ganzen Gerüchten«, sagt mein Vater und ergänzt: »Worte können Waffen sein.«

Er ahnt noch nicht, wie richtig er damit bei den kommenden Geschehnissen liegen sollte.

***

© Ullstein Buchverlage GmbH, Berlin 2015